心揺るがす講演を読む2

その生き方、その教え。講演から学ぶ

監修・編集 水谷もりひと

ごま書房新社

はじめに

　どれくらいの数の講演を聴いてきたでしょうか。日本講演新聞（前身・みやざき中央新聞）には、この30年で1500人ほどの講演会の講師の話が掲載されています。今読み直しても一つとして時代に流され、色あせているものはありません。

　日本講演新聞には『転載過去未来』というコラムがあり、そこに毎週ひとつ、過去の講演記事を転載しているのですが、どの記事を読んでもダイヤのように輝きを失っていません。スピーチのネタになるし、勉強になります。

「最も心が揺さぶられた話は誰の講演ですか？」と聞かれたら、迷わず元私立高校の国語教師だった境野勝悟先生の講演と答えるでしょう。

　境野先生がまだカトリック系の高校で教鞭を執っていた頃、卒業式でドイツ人の校長が卒業生にこんな祝辞を贈りました。

「私は君たちに『さよなら』とは言いません。なぜならその意味が分からないからです。英語の『グッドバイ』は元々『ゴット・バイ』、すなわち『神があなたのそばにいますように』という祝福の言葉でした」。

そして校長は「グッド・バイ、シー・ユー・アゲイン」と言って祝辞を終え、壇上を降りました。

その夜の懇親会で校長は教員に「君たちは『さよなら』の意味を知っていますか？」と問い掛けました。知っている人は誰もいませんでした。

呆れた校長は国語教師の境野先生にこう命じました。「あなたが『さよなら』の意味を調べて私に報告してください」

90分の講演の中で境野先生は「さよなら」の意味を説明しました。

私たち聴衆は境野先生の語り口に魅了されました。同じ話を誰がしても「さよなら」の意味をあれほど面白く、深く話せる人はいないでしょう。

別の講演会では「閻魔大王」の話を聞きました。それは私たちが知っている怖い閻魔大王ではありません。笑っている閻魔大王の話でした。

栃木県益子町にある西明寺というお寺に「笑い閻魔」がいるというのです。

人は亡くなるとまず閻魔大王のところに行くといわれています。そこで生前、どう生きたかを聞かれ、それによって極楽に行くのか地獄に行くのかを閻魔大王が裁くというわけです。

ある日、一人の男が閻魔大王の前で「私は生前一度も嘘をついたことがありません」と訴えました。だから自分は極楽に行く資格があるというのです。

閻魔大王はそれを聞いて声をあげて笑いました。男は怪訝な顔をして閻魔大王に問います。「私は真面目に生きてきたのです。何がおかしいのですか?」と。

大王は笑い転げながら言いました。「おまえ、それじゃつまんない人生だっただろう」

真面目に生きることは悪いことではありませんが、「クソ」が付くほどの真面目さは面白くないのかもしれませんね。

せっかく一度のしかない人生を生きているのだから、少しくらい嘘をついたり、悪事を働いたりしながら、上手に世渡りをしていくところに楽しい人生の妙味があるのではないか、と境野先生は話していました。

講演会の面白さは、その講師の話の中身だけではなく、人柄にまで触れることができるところにあります。

活字になった記事では講師の人柄まで伝えることはできませんが、それでも「要約」

ではなく、語り口調のまま掲載することで少しでもその人柄が伝わればいいなと思っています。

「講演会があったらとにかく行ってみろ、聞いてみろ」と私はたくさんの人に言ってきました。時間的にそれが叶わない人なら「日本講演新聞を読んでみろ」と。

講演会でネガティブな言葉を発する講師は一人もいません。講演会に行って話を聞くと心が前向きになります。

今ではオンラインで講演を聴くこともできるようになり、益々身近になってきましたが、それを自分の人生に取り入れるかどうかは、あなた次第です。

『心揺るがす講演を読む』はおかげ様で、パート2を発刊させていただけることになりました。この著書に登場する10人の講師のお話はどれも、読む人の心を揺るがすことでしょう。

読んだら読みっぱなしにせず、先生方の本を読み、講演会の会場に足を運んでくださると、またいい出会いがそこに用意されていると思います。

日本講演新聞　魂の編集長　水谷もりひと

――心揺るがす講演を読む2◆目次――

第2章 「先人に学ぶ」生き方

第1章

こんな「生き方」がある

お茶の文化を通して日本と世界の平和を祈る

茶道裏千家第15代・前家元　**千玄室**（せん・げんしつ）

大正12年京都府生まれ。

昭和39年、千利休居士15代家元を継承。平成14年、嫡男に家元を譲座し、千玄室に改名。現在の主な役職に外務省参与、ユネスコ親善大使、日本・国連親善大使（外務省）、公益財団法人日本国際連合協会会長。文化功労者国家顕彰、文化勲章、レジオン・ドヌール・勲章オフィシエ（フランス）、大功労十字章（ドイツ）、独立勲章第一級（UAE）等受章。国内外で名誉市民、名誉博士号多数。

著書に『日本人の心、伝えます』（幻冬舎）、『一盌をどうぞ　私の歩んできた道』（ミネルヴァ書房）など多数。

出撃していく仲間たちと車座で

私は学生時代に水上機操縦訓練をやっていたこともあってか、海軍の航空隊に入隊することになりました。

入隊の前日、私は両親に「明朝出発します」とあいさつしました。すると、父は黙って私に短刀を見せてくれました。それは、今は重要美術品になっております粟田口吉光（注1）の、利休が切腹した時に使った短刀です。

「よく拝見しなさい。利休様が腹を召した…」。父はひと言、そう言いました。

一九四四年（昭和一九年）五月、徳島の航空隊に配属になりました。

（注1）【粟田口吉光（あわたぐちよしみつ）】鎌倉時代中期に京都の粟田口で活動した刀工。通称は藤四郎。相州鎌倉の岡崎正宗と並ぶ名工とされ、特に短刀作りの名手として知られる。（ウィキペディア参照）

その時、出会ったのが、後にテレビドラマの水戸黄門役をした俳優の西村晃です。彼とは「一緒に死のうぜ」と約束していました。

昭和二〇年三月、二〇〇人ほどの飛行隊員全員に紙が配られ、隊長から、「いよいよ本土決戦が近づいた。みんな覚悟しろ。特別攻撃隊が編成されるかもしれないから、『熱望』『希望』『否』の三つのうちの一つに丸をつけて夕方までに提出しろ」と言われました。

一週間くらいすると特別攻撃隊の訓練が始まりました。高度二〇〇〇メートルくらいまで上昇し、そこから目標に向け突撃する訓練や、沖縄での攻撃に向けた夜間飛行の訓練が行われました。五〇〇キロの爆弾を積んだプロペラ機ですから、よたよたしながら飛ぶのです。

そのうち、伝令がやって来て出発する隊員の名前を呼びます。呼ばれた隊員は、爪や髪の毛を切り、軍帽と短剣を遺書とともに置き、「これを親に送ってくれ」と言い遺して飛び立ちます。

勇ましく「俺は国を救うために死ぬ」と言う者もおりましたが、ほとんどは「死ぬってどんなことだろうな」と言っておりました。

私はどこへ行くにもいつも茶箱（茶道具）を持っていっておりましたので、仲間が配給された羊かんを切りながら、「千、お茶にしてくれや」と言いました。

私は飛行機の横で車座になった仲間のためにお茶を点てました。

京都大学出身の籏生《はたぶ》少尉が、「なぁ、千。俺がもし生きて帰ってきたら、おまえのとこの茶室で本当のお茶を飲ませてくれるか？」と言いました。

私はそれを聞いて、「あぁ、俺たちは生きて帰れないのだ」と、胸がぐーっと締め付けられたことを覚えています。

七人ばかりおりましたが、「おいしいなぁ」「お父さんには申し訳ないけど、おふくろを思い出した」と口々に言いました。

そしてみんな涙をぼろぼろ流しながら「おかあさーん」と叫びました。彼らはその二日後に出撃していきました。

今も海底に沈む魂の慰霊に

私も本来なら五月二一日に、沖縄周辺のどこかに突っ込むはずでした。ところが出撃直前に隊長に呼ばれ、待機命令を受けたのです。

「嫌です。行かせてください」と三度志願しました。自分だけ残されるのは嫌だったからです。しかし隊長は、「そう死に急ぐな。すぐに命令が来る。松山の基地に移って待っておれ」と説得されました。

西村に話すと、涙を流しながら「千、おまえ嘘つきや。一緒に死のうと言ってたのにおまえだけ何でや」と言うのです。「しようがないだろう。命令だから」と言って西村と別れ、私は松山基地へ行きました。

西村はその後すぐに出撃しました。しかし奄美大島のところでエンジンが故障し、不時着して助かりました。

二人はこうして奇跡的に生還しました。たった二人だけでした。西村はよく言っておりました。「一人はこんなへぼ役者になり、もう一人はお茶の家元になっています」と。

海軍飛行予備学生一四期戦死者四一一柱は、今も海底に沈んでおります。我々は「お国のために」と思っていたわけではありませんでした。

「愛する家族のため、我々が死ぬことで少しでも平和が来てくれれば」という、そんな気持ちだったのです。

彼らの、あの「おかあさーん」の叫び声はいまだに私の耳の奥に残っています。私と西村は、時間を見つけては何度も沖縄周辺に出かけ、慰霊を重ねてきました。

「これだ、これが文化の力だ」

「生きて帰ってきた以上、もう継がなければならないな」と思いました。二人の弟が「よかった、よく生きて帰ってきてくれた」と、ずっと言っておりました。

復員すると、私の家の前にジープが停まっていて、米軍の将校がたくさん来ていました。そして父が、将校たちに向かって「和敬清寂」やお茶の文化の説明をしていました。父は英語も堪能でした。

あとで聞いたのですが、ＧＨＱ（連合国軍最高司令官総司令部）から「日本という国を知るために寺社仏閣やお茶の家などへ行くように」と命令が出ていたのだそうです。

将校たちは窮屈そうに茶室に跪き、父のお茶を飲んでおりました。かつての敵国を知るためにその国の伝統的な文化を味わわせる機会を与えるなんて大した国だと思いました。

私はそれを見て、「これだ、これが文化の力だ」と思いました。「日本は争いごとをしてはいけない。この文化、このお茶の力をもってすれば、日本という国をもっと理解してもらえるだろう」と思ったのです。

これがきっかけで、一九五一年（昭和二六年）、当時のＣＩＥ（民間情報教育局）の斡旋で、茶道の紹介をするように言われ、私はアメリカに渡ることになりました。

米国で受けたもてなしに不戦の誓いを

日本はアメリカの占領下でしたのでパスポートはなく、私は「占領国民として保護されたし」という紙切れ一枚をもらって行きました。

招かれたのは日米協会会長、ロックフェラー二世のお宅でした。ロックフェラー家は親日家で有名で、日本のいろいろな美術品などを持っていらっしゃいました。

玄関を開け、中に入ろうとしましたら、出迎えてくださったロックフェラー夫人が「エクスキューズミー……」とおっしゃいました。アメリカの家なのに、なんと靴を脱がなければならなかったのです。私はスリッパに履き替えて上がらせていただきました。

ぷーんとお香の匂いがしてきました。「お香や」と驚きながらリビングルームに通されると、暖炉の上に小さな屏風が飾られていました。尾形光琳の図でした。

その横下の香炉（志野焼）に香が焚いてありました。反対側には唐津焼の小さな花人に季節の野の花が1本だけそっと挿してあり、なんとも言えない静寂な雰囲気でした。

「あなたはヤングティーマスター。今日はよく来てくれました。日本のお話をしましょう」と奥様がおっしゃいました。しばくするとご主人も来られました。

奥様は自ら干菓子盆を持ち、「アメリカのクッキーでごめんなさい」と勧めてくださり、とてもおいしくいただきました。

それから奥様は一度席を立ち、しばらくして戻ってこられました。手にしておられたのは天目茶碗でした。そして天下の大富豪の夫人自ら、天目台（天目茶碗をのせる台）でお茶を点ててくださったのです。

私はありがたい気持ちでいっぱいになりました。もてなしの心をアメリカで味わいました。

ロックフェラーご夫妻は天目茶碗や中国陶器に大変造詣が深く、驚きました。今もその光景をありありと思い出します。英語もあまり上手でない一介の青年茶人の私に、深い心づくしのおもてなしをしてくださったのです。

戦後間もない時でしたから、「我々はこのような国と戦っていたのか」「戦争は二度としてはいけない」と心に固く誓いました。

肌の色が違っても、眼の色が違っても、言葉が違っても、みんな人間です。そして世界人類は一緒です。私の中にそんな観念が生まれてきたのです。

「一無位の真人」となる

私の先祖である千利休は、織田信長であろうと豊臣秀吉であろうと、どんな偉い人でも刀は外に置かせました。

そのお茶室は現在重要文化財になっていますが、「刀掛け」に両刀を置き、丸腰で小さい躙口《にじりぐち》から入ったのです。

高さ約六七センチ、幅約六三センチの小さい入口から、身をかがめて躙って入ります。ここに躙口を考案した千利休の無言の教えがあります。

つまり利休は茶室に入る武将たちに、身分も肩書もない「ただの人」になることを求めたのです。禅宗の臨済和尚の教えに「一無位《いちむい》の真人《しんじん》」という言葉がありますが、まさにその「位のない真の人」になるということです。

私はこの話を、私の父・淡々斎の弟子であったパナソニックの創業者・松下幸之助さんにお話ししたことがあります。すると幸之助さんはこうおっしゃいました。

「ええですなぁ、だからお茶は好きなんや。私は学も何もなく丁稚奉公から叩き上げられてきた。お茶によって私は大学以上の教養をもらっている。一番教えられたのはあの躙口や。どんな偉い人でも低頭して入っていく」

「そして、どんな偉い人でもお茶を知らなんだら中頃に座り、お茶を知っている人は若くても正客になり、一座を引っ張る立場になる。一座建立《いちざこんりゅう》や。会社でもどこでもみんな一座建立でないといかんのです。

社長も専務も平社員も、みんな同列に座って一碗のお茶を勧め合う。そんな会社は大きく飛躍していくのです」と。

そして、こうもおっしゃいました。

「お茶室でお茶を点てていると嫌な出来事を忘れ、自分の心を省みる時間も持てます。人間はやっぱり省みる心がないとだめなのです」と。

茶室の中ではみんな同じ人間として時間を過ごします。そして一碗のお茶を共に勧め合い、茶碗の正面をよけるために茶碗を回しながらいただくのです。

その時、すぐにいただくのではなく、最初にすーっと香りを楽しむ。それからいただいて舌の上で転がす。そこで初めて味が分かってくる。

そして、飲み切ったお茶が喉の奥を通っていく。この三つの味が大事です。そうやってお茶は自分と一体になるのです。

私は九五年間、お茶をいただきながら育ちました。母もずっとお茶をいただいてきたので、そのお乳をいただいてきた私は、胎内でもお茶をいただいてきたようなものです。これが私の一つの健康の元だと思っています。

皆さんもお茶をいただいてみてください。すーっと自分の心の中が落ち着きますよ。

お茶をいただくのに五分もかかりません。難しい作法や覚えることはありますが、すべて自分の修身になっていくのです。

田中角栄首相のメッセージを携えて

私の母方の叔父に松村謙三という政治家がおります。松村先生は一九六八年以来、自民党長老として五回にわたり中国を訪問し、周恩来首相とも深い信頼関係を築きました。その松村先生の橋渡しにより、一九七二年九月、日本と中国との間で「日中国交正常化」が実現し、一九七八年の八月には北京において「日中平和友好条約」が締結されました。

当時、日本の首相は田中角栄さんでした。田中角栄さんはお茶が大好きで、奥さんは裏千家のお茶の先生でした。

松村先生と一緒にご自宅に伺った時、田中角栄さんが「お茶発祥の地である中国に日本の茶道を紹介に行ったらどうか。平和友好の関係を深める上で非常に意義があるはずだ」と言われました。

そして私は、一九七九年、田中角栄さんのメッセージを携えて、初めて中国を訪問させていただいたのでした。

「和」とは、ピースとハーモニーのバランス

副総理である鄧小平さんが人民大会堂でお会いしてくださることになりました。大変お忙しい方ですから、「面会時間は三〇分だけ」と言われました。

「メッセージをお渡ししてお茶を差し上げるには十分」と思いながら乗り込みました。

私は鄧小平さんに田中角栄さんのメッセージをお渡しし、お茶を点てて差し上げました。鄧小平さんはとてもうれしそうにお召し上がりになりました。

やがて側近の方が「時間です」と呼びに来られました。鄧小平さんが「和敬清寂」の意味を質問されている最中でした。

私が「この言葉は、約五〇〇年前、私の先祖の千利休の言葉です。『和』は、平和の和であると同時に調和の和でもあります。つまりピースとハーモニーのバランスの大切さを説いた言葉です」とご説明すると、鄧小平さんは、とても興味深そうに話を聞いてくださいました。気づくと一時間半も過ぎていました。

「さすがにもう時間延長はできない」ということで、鄧小平さんは私の手を握り、「千さん…」と話し始めました。

「千さん、中国は文化大革命以来、人間関係が乱れてしまった。大事なのは礼に始まって礼に終わること。中国はずっと礼節を大事にしてきたけれど、今はすっかり失われてしまった。だから還してほしい…」

私は驚き、思わず聞き返しました。「何をですか?」

鄧小平さんは続けておっしゃいました。「日本は、ただ飲むだけのお茶を『茶道』という文化にされた。その茶道の教えを中国に還してほしい。…いや、千さん、あなたの力で中国の人たちに茶道を普及させてほしい」と。

そのお言葉を受けて、一九九四年九月、私は中国の天津市に「裏千家茶道短期大学」を開学しました。裏千家社中の方々から集めた古い着物を持っていきました。そこに茶室も寄贈し、中国の若者が茶道を学んでいます。

その後、江沢民（元国家主席）さんの出身校として有名な上海交通大学の約八〇〇人の学生たちに、「お茶の大切さを講義してほしい」とのご依頼で行ってまいりました。

千利休であればきっとやったはず

このような経験をしてきた私だからこそ、国のリーダーの方々に申し上げたいことがあります。それは国際政治の舞台においても、もう一歩踏み込んで、お互いに忌憚のない話し合いや、胸襟を開いた交流を互いにやってほしいということです。

私も戦時中に、まさに命を投げ出す直前のところまでまいりましたが、当時の二〇歳過ぎの若者たち、一七歳、一八歳の少年飛行兵たちは、「お国」を思って命を捧げていきました。

だから私は、あの若者たちの出撃の様子を話しながら国のリーダーの方々に申すのです。

「皆さんもぜひ、彼らに負けないくらいの、『日本のために命をかける』ほどのお気持ちでやっていただきたいのです」と。

それくらいの覚悟を持って相手の国、相手の心に飛び込み、リーダー同士が互いを信頼し合い、尊敬し合える関係を築ければ、どんな国とでも本当の「平和」が築けるはずだと私は思います。

北朝鮮とだってそうです。拉致問題の話も、日本政府のリーダーが堂々と乗り込んで、北朝鮮のリーダーである金正恩さんと腹を割って話し合うべきです。もし「行け」と言われれば、私は喜んで行かせていただくつもりです。

二〇一八年四月、板門店で金正恩さんと韓国大統領の文在寅さん（当時）が握手をする映像をテレビで見ながら思いました。

「私もあの場所に同席し、お二人に茶を点ててあげたかった。死ぬまでにいつかそれを実現したい」と。

そして私は、あのお二方が一碗を互いにすすめ合いながら笑顔でお茶をいただく場面を想像し、「千利休が生きていたら、きっとそれをやっていたはずだ」と思いました。

日本の茶道はすごく大事な文化です。ありとあらゆる国の人々が、一碗のお茶を中心にしながら、「お先にいかがですか?」「いただきます」と、お互いにすすめ合うその姿こそが、真の平和の姿だと私は思っているのです。

私はこれからも「一碗からピースフルネス(平和)を」の願いを込めながら、伝統文化の継承に努めてまいります。

(2018年/賢者の選択リーダーズ倶楽部が大阪で主催した特別講演会より/参考図書『茶のこころを世界へ』PHP研究所)

「未完の夢」が伝えるもの

戦没画学生慰霊美術館「無言館」館長　窪島誠一郎（くぼしま・せいいちろう）

1941年東京生まれ。

1979年長野県上田市に夭折画家の作品を展示する「信濃デッサン館（現KAITA EPITAPH残照館）」を、1997年には隣接地に戦没画学生慰霊美術館「無言館」を開設した。

その活動により洋画家・野見山暁治と共に2005年菊池寛賞受賞。

著書に『父への手紙』（筑摩書房）、『無言館ものがたり』（講談社／第46回産経児童出版文化賞受賞）などがある。

戦没画学生の絵を収めた画集との出会い

私は昭和五四年六月に「信濃デッサン館」という美術館を開設いたしました。大正から昭和にかけては主に肺結核という病気が多く、長くても三〇歳くらいで亡くなる絵描きがたくさんいました。その方々の絵を展示しているのが「信濃デッサン館」です。「なぜ長野にあるのですか」とよく聞かれるのですが、最初は村山槐多《かいた》という絵描きとの出会いに遡ります。

私は高校を出た後、東京の渋谷にある生地屋さんに就職しました。その店の筋向かいに古本屋さんがあり、当時一七歳だった私は、その書店で村山槐多の画集と出合ったのです。

槐多は大正八年二月二〇日、二二歳五か月で肺結核のために亡くなりました。横浜市で生まれた槐多は、父の仕事の関係で小中学校は京都で過ごします。

わずか一五歳で格式高い日本美術院の賞に輝き、村山槐多の名前は全国的に広まりました。しかし、両親はどうしても絵描きにさせてくれない。

槐多は一七歳の時、家出しました。そして、一四歳違いの従兄弟である山本鼎《かなえ》という絵描きを頼ってやって来たのが信州上田だったのです。

私はこの村山槐多という絵描きを知らなければ、「信濃デッサン館」をつくることはなかったでしょう。

私の人生を大きく左右した本がもう一冊ございます。NHK出版の『祈りの画集』です。この画集には、若くして戦没した東京美術学校（現在の東京芸術大学）に通っていた画学生たちの絵が収められています。

この画集を初めて読んだ時、感動したというよりも、それらの絵が未熟な絵に見えました。学業半ばで戦地に発った画学生の絵ですから、「傑作」の作品ばかりではありませんでした。

ただ私は、それらの絵を追いかけて一冊の画集を作った野見山暁治《ぎょうじ》という絵描きに興味を持ちました。美術界では大変有名な洋画家です。

野見山先生は昭和一三年に東京美術学校に入学しますが、昭和一八年には満州へと出征されました。しかし、すぐに肋膜を患ってしまい日本に戻って療養されます。その療養中に戦争が終わってしまうのです。

同じ学舎で美術を学んだ友だち、将来は立派な絵描きになろうと誓い合った仲間たちは戦場の地へと消えました。野見山先生は生きて帰ることができなかった仲間の家々を訪ねて絵を集め、『祈りの画集』を作り上げたのです。

信濃デッサン館では毎年、村山槐多のファンが集まる「槐多忌」というイベントが開かれます。今から二五年前の槐多忌には野見山先生をお招きしました。

そのとき初めて野見山先生とお会いできるということで、前夜は先生の宿泊部屋でお酒を酌み交わしながらお話をさせていただきました。

深夜一二時頃だったでしょうか。私はバッグの中から『祈りの画集』を引っ張り出しました。すると先生はこう言われました。

「その本買ってくれたのか。うれしいな。ただ、予算と時間の関係で訪ねられなかった家があったんだよ。自分が訪ねた時、まだ仲間のご両親はご健在だった。だが、あれからもう戦後五〇年がやって来る。彼らのご両親はいなかろう。今彼らの絵がどうなっているかと思うと気が気じゃなくてね」と。

私がその時感じたのはとても単純で、「先生のように大きな別荘を持ち、大学の名誉教授になり、たくさんの賞を貰っているような偉い絵描きでも、戦死した仲間のことを忘れていないんだな」ということでした。

もう一度戦没画学生の絵を探しに行こう

明け方近くまでお話くださった中で忘れられない話があります。

先生が病気のため戦地から日本に帰る日のことです。凍てついた駅にたくさんの仲間たちが見送りに来ました。

野見山先生を乗せた列車が走り始めると、何人かが一緒にホームを走って拳でガラスを叩きながら「野見山、お前は生きて帰れるのか。生きて帰ったら思う存分好きな絵が描けるな。羨ましいな」と言ったそうです。

先生は「その言葉を今も忘れていない」とおっしゃっていました。

先生を乗せた列車は凍てつく冬の山をいくつも過ぎていきます。車窓の向こうには、民家の灯りがガラスの粉をまいたようにキラキラと見えるのです。

「まるでその灯りは、残していく仲間たちの命の灯りのように見えた」ともおっしゃっていました。

それから三週間後、私は先生のアトリエを訪ねました。

私は「この間、先生は『もっと行きたい家があったけれど行けなかった』とお話されていましたね。その仲間のところに行きましょう」と言いました。

そしたら先生はいつもと違う顔つきでこう言ったのです。

「君は私の話を一晩聞いただけで、今自分の言っている言葉に責任が持てるのか。画集を作った時、NHKの調査をもってしても遺族の所在地を探すことは並大抵ではなかった。彼らが戦死したか生存しているかすら分からない。あれからまた月日が流れて戦後五〇年がやって来る。今から個人の力で彼らの遺族の所在地を探すのは困難だ。とにかく君の話に付き合う気はない」

「第一、君が訪ねていこうとする画学生は君にとってはみんな赤の他人だよ。僕は机を並べて将来絵描きになろうと誓い合った仲間が死んだのだから、彼らの絵の安否を気遣う義務がある。彼らが残した作品を愛おしく思う責任が自分にあったから絵を集めたんだ。でも君には戦争体験すらないじゃないか」と。


その晩のことは今でもハッキリ覚えています。何だか分からないけれど無性に腹が立って、明け方まで一睡もできませんでした。それから先生に何度もお願いのお手紙やお電話を差し上げました。

そしてついに四か月後、「君がそこまで言うなら、もう一度絵を訪ねていこう」と言ってくださったのです。

今になって、どうしてあの時、あそこまで食い下がるように先生にお願いしたのだろうかと考えることがあります。正直に言うと、その理由は今でも分かりません。

ただ、あの宿泊部屋で野見山先生から亡くなった仲間たちの話を聞いていた時、私の頭には自分を育ててくれた養父母の姿が浮かんでいました。

母がしゃぶったキャンデーの味

私は一九四一年一一月二〇日にこの世に生を受け、どちらかというと戦後の経済繁栄の中でうまく泳いで生きてきました。

わけあって二歳の時に産みの両親の手を離れ、養父母に引き取られました。昭和一九年に宮城県石巻市に疎開し、終戦後、再び東京に帰ってくると、そこは一面焼け野原でした。

親子三人で立っていると、アイスキャンデー屋さんが通り、父親がキャンデーを買ってくれました。食べようとすると串からキャンデーがポロッと落ちて焼け土の上を転がりました。隣にいた母親がすかさず取り上げ、自分の口に入れてきれいにしゃぶり直し、私の口に入れてくれました。今でもあのキャンデーの味を忘れていません。

朝ご飯には焼き海苔1枚を火鉢であぶり、母親が必ず私の茶碗の上で海苔を折ってくれました。乱暴に折って落ちた海苔の粉で半膳のご飯を食べることができました。

あの頃は砂糖の代わりに薬品を使っていました。

ある時、小学生だった私が家の中に駆け込んだ拍子にズボンの裾を鍋に引っ掛け、おしるこを土間と畳の上にぶちまけたことがありました。

父親から殴り飛ばされて土間のところでしくしく泣いていると、母親が畳の上の小豆をすくって一杯だけおしるこを作ってくれました。薬品臭いあのおしるこの味を今でも思い出すことがあります。

「あの戦渦でおまえはどれだけひどい目に遭ったのか」と聞かれると返す言葉がありません。しかしこれらの記憶は、私の中に鮮明に残っています。

苦労したのは養父母でした。私にとって「戦争」は両親のシルエットの向こう側にありました。

野見山先生の仲間たちの絵を集める旅をすることになった時、先生は「君が思うほど簡単じゃないよ。行った先で絵と巡り合えるとは限らない」と言いました。でも私はそれでもいいと思いました。

あるお宅を訪ねた時、天井裏にあった絵がジグソーパズルのように壊れていました。でも戦後五〇年、ずっとご親族の方が大切にしてきたことは確かなのです。

戦時中は画学生に対しての理解はありませんでした。

「絵を描いている」ということだけで非国民と呼ばれたり、「あそこの家の子は美術学校とかいうところに行って女の裸を描いている」と言われることもあったようです。

そんな中でも「弟を美校に上げてやってくれ」と両親の前で土下座したお兄さん、絵の道に進んだ弟を気遣って戦地に発ったお兄さん、絵の具と絵筆を送り続けたお姉さんたちがいたのです。

画学生たちの「絵を描く」という表現の自由を守り、それらの絵を死に物狂いで戦後七〇年守り通した人たちがいたことを忘れてはいけません。私たちはそれを「文化」と呼びます。

「文化」というのはすぐにはお金になりません。それは、人間の価値や生存の価値、命の価値などと一緒で、お金で測ることができるものではないのです。

だからこそ彼らの絵を見る時には、その背景に絵を守り通した人たちがいたことを心に留めていただきたいと思います。

戦地に向かう彼らは絵に何を描いたのか？

集まった絵は、私が建設した夭折《ようせつ》画家の絵を展示している「信濃デッサン館」という美術館内の小さな八畳間の壁に立てかけていきました。画学生たちの絵が三〇点ほど集まってきた頃だったでしょうか。絵から声が聞こえてきたのです。

「もっと絵を描きたい…」と。

召集令状を受け取って、あと一〇日もすれば戦地に行き、もう生きて帰ってくることはない。そんな彼らの「絵を描きたい」という叫びが絵から伝わってきたのです。

その声を聞いて私は野見山先生に電話をしました。

「あの画学生たちの絵を一つ屋根の下、別誂《べつあつら》えの美術館に展示したいです。彼らの絵だけを集めた美術館を創りましょう」と。

電話の向こうで野見山先先は「そんな簡単に言っても金がかかるだろう。僕はないよ」とおっしゃいました。お金を持っている人って、聞いてもいないのにすぐお金のことを言うんですよね（笑）。

そこで私は「寄付を集めましょう。先生は有名人ですから寄付を募ることを新聞に書いてください」とお願いしました。先生はいろんな新聞に書いてくださいました。「信濃デッサン館」の坂の下には小さな郵便局があります。そこに得体の知れない口座ができました。「志半ば戦争で亡くなった画学生たちの館を創る会」、とても長い口座名です。ここに少しずつ、本当に粉雪が積もるようにお金が集まり始めました。

鹿児島県種子島を訪ねた時、私は風邪を引いて熱を出していました。大きい絵を風呂敷に包んで背負い、よたよたした足取りで船から降りたところを、ちょうど久米宏さんの番組が捉えました。哀れそうな男の姿がテレビ画面にヒットしたらしく、放送後、たくさんのお金が振り込まれるようになりました。

中には「自分の家のお墓をつくる積み立てだったけど美術館づくりに使ってくれ」という方もいました。帯広に住んでいるおばあちゃんは、千円札のしわを伸ばして、亡くなるまで一八年間ずっと送り続けてくれました。

全国から合計四二〇〇万円のお金が集まり、一九九七年五月二日、若くして戦没した画学生たちの絵を集めた美術館「無言館」が信州の片田舎にできたのです。

「無言館」は「反戦平和の美術館」といわれます。確かに彼らの絵の前に立つと、二度と起こしてはいけない戦争のことや今ある平和の大事さを考えさせられます。これは「無言館」の持っている宿命的なメッセージです。

ただ、彼らの絵は決して反戦平和運動のために描かれた絵ではありません。戦地に向かう彼らは何を描いたのか？　それは愛する人や大好きな人でした。ある若者は妻を描き、ある若者はかわいがっていた妹を描き、ある若者は両親を描き、「自分はここに生きている。そしてこの人たちの愛によって自分の命は育まれている」と愛や感謝を刻んで戦地へ発ったのです。

「無言館」に並ぶ画学生たちの絵は、戦争を犯してしまった愚かさを訴えると同時に、そんな愚かな時代の中ですらも「人を愛すること」を忘れなかった人間の素晴らしさを訴えています。

私を描いてくれた「あの夏」は今も「あの夏」のままです

二〇一二年、宮城県石巻市で若くして戦没した画学生たちの絵を集めてつくった美術館「無言館」の展覧会を行いました。

私は「被災した人たちに彼らの絵を見せて何の意味があるのだろうか」と思っていました。ところが、震災で娘さんとご両親を失い、自分の家も工場も流されてしまったある水産加工業の社長さんにこう言われました。

「津波があったから私はこの人たちの絵を見ることができたんですね。今日来てよかったと思います。生きていく気になりました」

画学生たちの絵には生きていこうと思わせる力、生きる勇気を与えてくれる力がある。「無言館」の役割を実感した出来事でした。

昭和一九年、フィリピンのルソン島にて二七歳で亡くなった日高安典さんという方がいました。

「無言館」ができて二年目のこと、日高さんの絵のモデルを務めたという女性が訪ねて来られました。その方が「無言館」にあるノートに残した文章を読ませていただきます。（文責編集部）

日高安典さん。私とうとうここへ来ました。私、もうこんなおばあちゃんになってしまったんですよ。だって、安典さんに絵を描いてもらったのはもう50年も昔のことなんですもの。今日は決心して鹿児島から1人でやって来たんです。70を過ぎたおばあちゃんにはとっても長い旅でした。朝一番の飛行機に乗って、東京の人混みにもまれて、信州に来て、そして…そしてこの絵の前に立ったんです。

戦争が激しくなっていなかった頃、安典さんは私のアパートによく訪ねて来てくれましたね。いつの間にかお互いの心が通じ合って、私の部屋で2人、あなたの好きなレコードを聴いていた日々がつい昨日のことのようです。

あの頃は遠い外国で日本の兵隊さんがたくさん戦死しているなんて思ってもいなく

て、毎日私たちは楽しい青春の中におりましたね。

安典さん、私はこの絵を描いてくださった日のことを覚えているんです。初めて裸のモデルを務めた私が緊張でしゃがみ込んでしまうと、「僕が一人前の絵描きになるためには一人前のモデルがいないとダメなんだ」と私の肩を抱いてくれましたね。安典さんの真剣な目を見て、またポーズを取りました。

安典さんに召集令状が届いたのは間もなくのこと。あの日、安典さんはいつもと違う目をして言いました。「自分が女だったなら戦争に行くことなく絵を描き続けていられたろう。しかし、男に生まれたからこそ君に会えて、この絵を描けたのだ。だから僕は幸せなのだ」と。

昭和19年夏、「できることなら生きて帰ってまた君を描きたい」と言ってあなたは出征していきました。

実はあの頃、私は故郷に両親のすすめる人がいたのです。でも私は安典さんが帰って来て、また自分を描いてくれるまでいつまでも待ち続けようと自分に言い聞かせました。

それから50年、本当にあっという間の歳月でした。世の中もすっかり変わって、戦争もずいぶん昔のことになりました。安典さん、私こんなおばあちゃんになるまでとうとう結婚もしなかったんです。1人で一生懸命生きてきたんですよ。

安典さん、あなたが私を描いてくれたあの夏は、私の心の中で今もあの夏のままなんです。

これは一九九九年八月一五日の文章です。長野県上田市、遠いところですが、皆様どうぞ「無言館」に一度お越しください。

（2016年、宮崎県高鍋町立美術館で行われた「無言館」展の記念講演会より）

私にはピアノがあったから

ピアニスト　水上裕子（みなかみ・ひろこ）

福岡県出身。

幼少よりＴＶ、レコードから流れる音楽を聴き覚え、演奏していた。武蔵野音楽大学を卒業後、オーストラリアでデビュー。さらにモスクワ音楽院で研さんを積むもクーデターに遭遇。その後、チャウシェスク政権崩壊後のルーマニアに渡りヨーロッパデビューを果たす。

96年には日本デビュー。帰国後20年でコンサート回数は３５００回を超える。オリジナル曲はＮＨＫや民放のテーマ曲、ＢＧＭで使用されている。オリジナル曲ＣＤはクラシックでは異例の２万５０００枚を売り上げた。

著書に『Ｈｉｒｏｋｏ 私にはピアノがあったから』がある。

信じたのはたった1%の自分だけ

私がピアノを弾き始めたのは一歳半の時です。家にあったピアノにつかまり立ちして、鍵盤を叩いて遊んでいました。三歳くらいになるとテレビやラジオから聞こえる曲がなんでも弾けるようになってしまいました。

それで母に「ピアノを習わせて」と頼んだのですが、母は面倒くさがって、なかなかピアノの先生のところに連れていってくれませんでした。

母が私をピアノの先生のところに連れていってくれたのは、私が小学校に入学する時でした。

でも母は、ピアノ教室に通う私にいつも耳元で「どうせそんなものやったって無駄だよ。音楽家になんてなれやしないんだから」と囁いていました。

ある日、「どうして私はピアニストになれないの?」と母に聞いたら、「音楽家なんていうのは大体三代目くらいから本物になるんだ。うちには音楽家なんて一人もいないだろう。だからおまえはピアニストになんかなれっこないんだ」と言うのです。

私は、その母の囁きのおかげで「何をやっても私は99%無理なんだ」と考える子に育っていきました(笑)。でも、たった1%だけ、自分を信じる気持ちがどこかにあったんですね。

「ほかの子は一生懸命練習しているのになんで私は一度聴いただけで弾けちゃうんだろう。ひょっとしたら私は天才かも」と。

中学三年生になった時、母から「もうピアノをやめて高校に進学する準備を始めなさい」と言われました。そのことをピアノの先生に話したら、「それはもったいない。音楽高校に行く道もあるのよ」と言われました。

「音楽のことだけを考えていい高校があるんだ!」と思ったら、もう嬉しくなって、母に「受けるだけ受けさせて」とお願いして、受験課題曲であるベートーヴェンやショパンの曲に初めて取り組みました。

それまでベートーヴェンの「べ」の字も知らなかったのに、なんと入試では成績一番で合格しちゃったんです。しかも、審査員の先生方から「天才少女」というお墨付きまでいただきました。

びっくりしました。一番びっくりしたのは母でした。その勢いに押されて、母は私の音楽高校入学を許してくれました。

先生の「褒め殺し」はそれで終わりませんでした。

先生から「あなたは日本の大学じゃ収まりきれないからウィーンに行きなさい」と言われ、ウィーン国立音大にレッスンに行くことになりました。

ウィーンの大学でも私のピアノは先生にとても褒めていただいたのですが、留学を終えて帰国した途端、なぜかピアノが思うように弾けなくなったんです。

「なんでだろう」「どうしたんだろう」と悩む日々が続きました。

ある日、ウィーンで聴いた美しい旋律を思い出していたら分かったんです。

「美しい音の中にいろんな感情がある」ということが。

「悲しい」「嬉しい」だけじゃなく、「嬉しいのに悲しい」とか、「笑っているのに切ない」とか、いろんな感情を表現する演奏のテクニックを私は持っていなかったことに気が付いたのです。

その時、母の囁きが思い出されて、「やっぱり私は音楽家は無理なんだ」と自信を失くしてしまいました。

東京の音楽大学に入学した私は、休日は朝から晩まで働いてお金を作り、いろんな先生に私の演奏を聴いてもらっていました。

「プロになりたい」と言うと、どの先生もおっしゃることは同じでした。

「才能はあるけど、今からじゃもう遅いよ。プロのピアニストになるような人は小さい時からエリート教育を受けて、すでにいろんなコンクールで入賞してるんだよ」と。

二八歳の時、ある新聞の記事が目に留まりました。

「アメリカで大成功した日本人ピアニストが日本で面白い才能を探している」という

記事でした。そこに応募して、その先生からも「無理」と言われたら諦めようと思ってレッスンを申し込みました。

当日、ドキドキして会場に入ると大きなおリボンをつけたかわいいお嬢ちゃんや音楽大学の学生さんたちばかり。二八歳の私は肩を落として今にも死にそうな顔をして座っていたと思います。

私の番が来て演奏を始めると、先生はぷわーっと煙草をふかして窓の外を眺め始めました。「先生は私の演奏を聴いてないのかな」と不安がよぎりました。

演奏が終わると先生がおもむろに参加者に向かって、「皆さん、この人の演奏をどう思いますか?」とおっしゃったんです。皆さん気の毒そうに私をちらっと見て、下を向かれました。すると先生はこう続けました。

「私はね、これが本当の音楽だと思うんですよ。なぜならこの人は苦しんでいる。苦しんで苦しんで一つの音を見つけようとしている。これが本当の芸術なんですよ」と。

レッスン終了後、先生は私のところに来てこう言われました。

「この先、いろんな方があなたに同じことを言うでしょう。『もう遅い』って。でも今日私が褒めたあの一言を絶対に忘れるんじゃないよ。そして必ずプロのピアニストになって面白い人生を送ってほしい」

その言葉に勇気をもらった私は、また一大決心をしました。「世界に出て行こう」と。翌年、オーストラリアのメルボルンに行きました。そしてそこでプロのピアニストとしてデビューすることになったのです。

ソ連でクーデターに遭遇

オーストラリアのメルボルンで活動していたある日のこと。近所に住んでいたロシア人のピアニストが、「モスクワ音楽院が世界に門戸を開くそうだ。生徒を集めてくれないか。できれば君も行かないか?」と誘ってくれました。

モスクワ音楽院といえば、数多くの世界的な音楽家を輩出している名門です。

私は日本に一時帰国して、いくつかの音楽大学に「モスクワ音楽院での講習会に参加しませんか？」というポスターを貼りました。そして集まった学生たちの「まとめ役」として一九九一年六月、モスクワへと旅立ちました。

当時のソ連は、飲み水は赤さびだらけで、食べ物も少なく、外食すると料理の中にゴキブリが入っていたり、そんな時代でした。でもモスクワ音楽院のレッスンは素晴らしいものでした。

八月のある日、副理事長から呼び出されました。

「クーデターだ。ゴルバチョフ大統領が拉致された。日本の学生たちの帰国の準備を手伝ってくれ」

そう言われた直後、宿舎の外で銃撃戦が始まりました。私は学生たちの帰国のために駅前にあるチケット売り場まで何度も往復しました。生まれて初めて戦車の間を駆け抜けました。

クーデターは三日間で収束しました。日本人学生は全員帰国し私だけが残りました。日本大使館に電話をしても誰も助けてくれず、私は自力でソ連を出て、ルーマニアに向かいました。

政治亡命者のルーマニア人と恋に落ちる

ルーマニアも、その一年半前にチャウシェスク大統領が銃弾に倒れたばかりで、まだまだ政治は不安定な情況でした。

けれども私の大好きなピアニストがルーマニア人だったので、「あの天才を生んだ国を見てみたい」と思ったのです。

ルーマニアはヨーロッパの中では最も貧しい国といわれていましたが、革命後のルーマニアに初めてやってきた外国人ピアニストということで私は温かく迎えられました。コンサートを開いてくれて、それがテレビ中継までされたりしました。

その後、かつて留学していたオーストラリアのメルボルンに戻りました。そこで運命の出逢いがありました。

なんとルーマニアから政治亡命していた詩人の男性と恋に落ちたのです。私たちは電撃的に結婚し、長女が生まれました。

長女が七か月になった時、恵まれ過ぎているオーストラリアでの生活が退屈になり、「もう一度、ピアニストとしてヨーロッパで挑戦したい」と夫に相談しました。夫は激しく抵抗しました。

「僕はこの国でゼロからスタートしたんじゃない。マイナスからスタートしたんだ。なのになぜまたヨーロッパに戻らなきゃいけないんだ」と弱音を吐きました。

そんな夫の言葉を無視して私は家中の物を全て売り払って航空券を買い、七か月の娘を小脇に抱え、希望にあふれて飛行機のタラップを駆け上りました。ふと後ろを振り向くと、なぜか夫がついてきておりました。（笑）

降り立ったのはオーストリアのウィーン。でもそこは私たち家族を温かく迎えてくれませんでした。物価は高く、家も見つからない。やっと見つけた家は家賃も高く、蜘蛛の巣だらけ。

移民局に行くと、「この国にはたくさんの失業者がいるのに外国人の君たちにビザを出すわけにはいかない」と言われました。

私たちは泣く泣くおんぼろ車を買い、オーストリアを発ち、夫が命懸けで出国した祖国ルーマニアへと向かったのです。

絶望の淵に立たされても

革命直後のルーマニアは、人々の心も社会も混沌としていました。ピアノを持っている人はほとんどいませんでした。

私はピアノを持っている人にわずかなお金を払って貸してもらい、練習をしました。

ある日、練習していると突然ドアが開き、七〇歳くらいの女性が入ってきました。彼女はルーマニアを代表するピアニストでした。

「あなたには素晴らしい才能がある。私が教えたら必ずコンクールで一位がとれる。今日から私が教える」と言いました。

「先生のような高名な方に払えるお金はないし、コンクールの年齢も過ぎました。それに子どももいます」と言うと、「そんなことは関係ない。お金はいらない。毎日ここに来なさい」と言うのです。

そして「あなたに足りない音がある。それを私が埋めてあげる」と言ってくださいました。


翌日から始まった先生のレッスンは、ポーン、ポーンと音を鳴らすだけのものでした。それが二か月、三か月と続き、もう耐えられなくなって、「先生、何か曲を弾かせてください」と言いました。

すると、「そうじゃないんだ。後からつけたものはただのデコレーションに過ぎないんだ。本当の音を見つけなきゃ意味がないんだ」と言われました。

毎日ポーン、ポーン。「まだだ！」「違う」「もう一度」、この三つの言葉だけを先生は繰り返しました。それが一年続きました。

一年経った頃、ポーンと私が弾いた瞬間、その音がふうーっと遠くまで飛んでいくのが分かりました。

その時、先生が「ヒロコ、その音だよ！」と言いました。

こうして一年かけて先生は、無償で私のためにピアニストとしての基礎を教えてくれたのでした。

ルーマニアでの演奏活動は本当に厳しいものでした。

隣町に行くにも山を越え、谷を越え、時には厳しい獣道を抜け、危険なジプシーの小屋に泊まったりしながら続けました。

そんな時に二人目の子どもを身ごもってしまいました。だんだんお腹が大きくなり、病院に行くお金もなかったので、自分の判断で妊娠七か月くらいの時に演奏活動を断念しました。

ですから収入がなくなりました。詩人の夫は全く生活力がありません。それどころか「詩集を出版する」と出版会社に原稿を持っていってお金をだまし取られるし、家賃もだまし取られ、車も盗まれ、全く役に立たない夫でした。

「このまま私たち家族はどうなるんだろう」

大きくなっていくお腹を抱えながら、ソファーに座ってぼーっと自問自答する日々でした。

そんな時、ドイツの友人の「何かあったらドイツのデュッセルドルフにいらっしゃい」という言葉を思い出しました。

私はこれまで絶望の淵に立たされた時も、希望が全く見えない時も、「希望は自分でつくり出すことができるんだ」と信じてきました。

希望は探して見つけるものではなく、「自分の意志」なのだと。そして私はデュッセルドルフに行く決断をしました。

すべては母の愛だった

ドイツのデュッセルドルフで初めて産婦人科に行きました。

「本当に今まで医者に診てもらっていないんですか?」

「はい、初めてです。いつ頃生まれますか?」

「間もなくです。早くお名前を決めてください」

ドイツは生まれる前に名前を決めなくちゃいけないんです。そしてすぐ丸々と太った女の子が生まれてきました。

デュッセルドルフで子どもたちにピアノを教えながら、生活を立て直していきました。一年経ち、少し経済が安定してきたので、思い切って子ども二人を連れて両親の住む福岡の実家に一時帰国しました。

ある日、東京で開いたコンサートが評論家の先生から高い評価をいただき、音楽雑誌に載せてもらいました。そしたら演奏の依頼が入ってくるようになりました。

「私の生まれたこの日本で子育てをしながら演奏活動をしていこう。きっと両親も受け入れてくれるに違いない」、そう思っていると母が言いました。

「この国ではピアニストなんて仕事は成り立たないのよ。ピアノが弾きたかったら、どんな国でもいいから行ってちょうだい。どうしても日本に住みたければ、今すぐほかの仕事を探しなさい」

こんなに頑張っているのにまだ認めてもらえない。その悔しさから両親への愛情など持つことができませんでした。それでもコンサートの依頼は増えていきました。

ある日、コンサートに行く前に着替えをしていると、「おーい」という声が聞こえてきました。当時、認知症の症状が出ていた父の声でした。

部屋のドアを開けると、父がおむつの中でウンチをして、そのおむつを外して体中ウンチだらけになっていました。

「今からコンサートなのになんで？」、情けなくなって父の体を洗っていたところに長女が帰宅しました。

「ここは汚いからあっちに行きなさい！」と思わず怒鳴ってしまいました。長女は「ママがいやだったら私が洗ってあげるよ」と言って一緒に洗ってくれました。

両親への感謝の念どころか、やさしさのかけらもない自分の姿を思い知らされました。「ピアニストはピアノだけ弾いていればいいんじゃないんだ」と。

その日から父の部屋で一緒に歌を歌い、娘の踊りを見せ、思い出話をして過ごすように心がけました。その時、私の心の中にある決意が芽生えました。

「認めてもらえなくても私が両親を守ろう」と。

その決意の矢先、母にがんが見つかりました。全身に転移していて、余命いくばくもないという診断が下されました。母は私に言いました。

「ドイツから帰ってきたのはこのためだったんだね。ありがとう。父さんのことも頼んだよ」

初めて母に認められた思いがしました。そして母は笑顔とVサインで私の腕の中で旅立ちました。

死後、母の日記が出てきました。ピアノをやることをずっと反対していた母が、亡くなる半年前に私のコンサートに来ていたのです。

一言、「素晴らしかった」と書かれてありました。

どんなに反対されても、ののしられても、認めてもらえなくても、一度志したことを貫き通す強さを持てたのは母のおかげです。

「芸術家として生きるからには人並みの経済力もつけなさい」と教えてくれたのも母でした。そして「介護をして弱い人の心を知れ」と、父を私に残して逝った母でした。

全て母の愛だったのです。

中国の山奥に戦後七〇年も秘められていた日中友好の物語

私がプロのピアニストになりたいと志したきっかけは二〇代の頃に遡ります。テレビで中国残留婦人のドキュメンタリー番組を見たのです。

中国人と結婚した日本の女性が大陸に渡り、戦後、日本に帰ることができず、大変なご苦労をされて年を取り、中国の老人ホームのようなところで過ごされておりました。なぜか皆さん、泣いていました。

「あの人たちが日本に帰ってこられないなら、せめて私が中国に行って望郷の念を叶えてあげられるようなピアニストになりたい」と思ったのです。

中国で演奏するようになったのはその志から二一年後、そして実際に中国残留婦人の皆様に演奏を聴いていただけたのは志から三二年後のことでした。

日中友好四〇周年の時も中国政府から招待状をいただき、演奏することができました。珍しいところでは、「密山《みつざん》」というところに参りました。

ある演奏会の後、老紳士が楽屋に私を訪ねてきて、「ぜひ君に行って演奏してほしいところがあるのだが、行ってくれるかね?」と言うんです。

その迫力に押され、「はい。どこでも行きます!」と言ってしまいました。

「どこですか?」と聞くと「密山」と言われました。

なんとそこは、福岡から中国の大連まで飛行機で一時間半。それからハルピンまで飛行機で三時間。そこから車で片道一〇時間もかかる山の中でした。


なぜそんな遠くまで行ったのか? 戦後、中国には空軍がありませんでした。それで密山に航空学校を作りました。しかし飛行機のことを知っている人が誰もいなかったので、戦争中に捕虜になっていた日本人兵士を航空学校の教官にしたのです。

その方々の中には投獄されている方もいらっしゃいました。でも次の日からは航空学校の教官となり、立場がまったく逆転してしまいました。生徒たちはその日本人教官に毎朝、「先生、今日もよろしくお願いします」と最敬礼であいさつしたそうです。

黒竜江省の冬の朝は零下四〇度です。日本人教官たちは、朝四時に起き、生徒たちがすぐに飛行機に乗れるようにと、自分たちの体で飛行機のエンジンを温めながら待ったそうです。

元教官が、「私たちはこの訓練中、一人の生徒も傷つけなかった、死なさなかった、それが我々の誇りです」と話してくれました。

ただ一度だけ痛ましい事故がありました。冬の寒い日にストーブの火が生徒のコートに引火してしまったのです。その時、日本人の教官が彼に覆いかぶさって助けました。しかし今度は先生が火だるまになって亡くなってしまったのでした。

「ヒロコさん。私たちの友情はいまだに続いています。国と国とが反目していると思われている中でも、こうやって七〇年近くも友情を温めてきたんです。これが歴史の裏の事実です。あなたが海外で演奏会をする時、どうかこの事実を話してください」。

そう言われて密山公演が実現いたしました。

私は全国の小・中学校や高校、大学で「夢を叶える三つの扉」という演題で講演しています。

一つは師を持つことの大切さ。

二つ目は自分を認め、どんな自分も愛すること。

三つ目は自分を「信じ切る」こと。自分を「信じる」程度じゃだめです。どんなことがあっても「信じ切る」くらいのエネルギーじゃないと。

この三つの大切さを、これからも子どもたちに伝えていきたいと思っています。


（2017年、養心の会日向が主催した講演会より）

三陸物語

元毎日新聞東京本社専門編集委員　萩尾信也（はぎお・しんや）

1955年生まれ。

1980年毎日新聞入社。東日本大震災直後から岩手県へ赴き、現地で復興に携わりながら社会部記者として5月から9月まで毎日新聞に「三陸物語」を連載。その後に加筆修正したものを著書『三陸物語～被災地で生きる人びとの記録』（毎日新聞社）として出版し、2012年度「日本記者クラブ賞」受賞。

近著は『続・三陸物語～生と死の記録』（毎日新聞社）

あの夜、三陸の人たちは夜空にきらめく美しい星を見ていた

二〇一一年の三月十一日、東日本大震災が起きた時、私は新宿にいました。すぐ現場に行かせられまして、最初の三日くらいは飛行機とヘリで上空からずっと現場を見続けました。

四、五日後に陸路で岩手県の釜石に入りました。寝袋と野菜をリュックサックに詰めて、知り合いのオフロードバイクを借りて、雪の上では両足をつきながら行きました。

私は小学校三年から高校二年までを釜石で過ごしています。

釜石は、私が心身を育んだ一番記憶にあるふるさとです。小学校時代の恩師や高校時代の同級生の実家に下宿しながら取材を続けました。

そして一年間に渡って記事を発信して、『三陸物語』というタイトルで、二〇一回連載しました。それを本にまとめたのが『三陸物語』（毎日新聞社）です。

人生で大切なこととは何でしょうか。かけがえのない人とは誰でしょうか。

人はどうして死ぬのでしょうか。こういうある意味照れくさくなるような、あまり考えたことがないようなことを震災直後の人はみんな考えたのです。

家族を亡くした人は、「どうしてこんなに苦しいのに私は生きていかなくてはいけないのだ」ということを考えました。

不条理に、理不尽に、唐突に、大切な人、あるいは住み慣れた家を失うということは、耐え難い悲しみと共に、そういう問いを自分に突きつけるものなのです。これはごく自然なことだと思います。

懐かしいのは当たり前の風景です。なんでもない日常です。

夕食の時の、しょうもない家族の会話。あるいは親父とお袋の小言。反抗期の息子の生意気な態度。「親父の加齢臭が懐かしい。あんなに臭かったのに」と言った方もいました。

それから、認知症のおじいさん、おばあさんに対しても「いつも腹が立っていたのになんで懐かしいんだろう」という話を聞きました。そういう、「当たり前だと思っていたものが懐かしい」と皆さん、おっしゃっていました。

災害は、普段考えもしないようなことに人を否応なく向き合わせるものだと思います。もちろん日常の中で考える人もいますが、多くの場合、何かが起きた時に気付くものだと思います。そこが人間の奇妙なところです。そういうことも含め、私はとにかく被災地に住んで、人の心だとか営みを綴りたいと思っていました。

三月十一日の夜、三陸の夜空には、こぼれ落ちそうな星がきらめいていたそうです。震災で電気が全部消えていますから星がたくさん見えたのです。

私の高校時代の後輩もその星空を眺めた一人です。彼は地震があった時、海のすぐ近くの家にいたのですが、九死に一生を得ました。

夜、避難先のビルにいた彼は日付がちょうど変わった頃、タバコを吸いに屋上に行ったそうです。とても眠れないのです。屋上には同じようにタバコを吸っている人が何人かいました。

闇の中に、いつもとは違う、瓦礫で埋もれた街のシルエットがぼうっと浮かんでいたそうです。見上げると、かつて見たことのない満天の星空がありました。

彼は屋上にいた人たちと、「大昔、電気も何にもない原始時代の人たちはみんなこんな星空を見上げていたんだろうなぁ」と涙ながらに言葉を交わしたそうです。

三月、三陸は冬です。空気が透き通っていますので、星がチカチカしないのです。ビシッと張り付いたようにびっしりあったそうです。

闇が深ければ深いほど、星というのはきれいに見えます。それと同じように、死のかたわらで命はかくも光を放ち、いとおしく見えるものなのかと私は学びました。失って初めて見えてくるものがあるように思います。

これはもう春になった頃の話ですが、「こんなにつらいのに、折れた桜の枝から咲いた桜がなんと美しく思えるんだろう」と言った女性もいました。

大きな喪失があった時に、何かそういうものに気付く瞬間がきっとあるのでしょうね。だから僕はあえて人々に聞いたのです。

「その日の風景、夜の様子、音、どうでしたか?」と。

私の著書『三陸物語』には、他にもいくつもの夜空の物語が登場します。

漁師のおじいさんを津波で亡くした女子高生がいました。彼女が震災に遭ったのはちょうど下校中でした。それで高台の避難所に逃げるのですが、下から付近のおじいさん、おばあさんが次々上がってくるのを見かけて、何度も何度も駆け下りて行ってはおんぶして高台へ上がったのです。なんともたくましい女の子でした。

「何もしないと、じいとお父さんのことが思い浮かぶから、居ても立ってもいられなくて、じいさん、ばあさんを負ぶっていたのかな」と後に言っていました。

避難所となった体育館には、たまたま消防士と看護婦さんがいて、怪我をした人や波をかぶって凍えている人の手当てが始まりました。

彼女は友だちと二人で「何かできることありませんか?」と声を上げて、手当てを手伝いました。それから休む暇もなく介助を続けて、日付が変わって一二日の午前一時頃、「君たち、休んで」と言われ、体育館の片隅にへたり込みます。

そして、気分転換に外に出て星を見上げたのです。

私が最初に話を聞いた時には、彼女は「とても悲しくて星なんか、空なんか見なかった」と言っていました。


でも、後日、電話が掛かってきて彼女はこう言いました。

「思い出した。私、あの時空を見た。流れ星を見た。見たこともないほど大きくて、緑色に輝く丸い星がビューって糸を引いたの。じいが漁で使う合羽の色、じいが使う自転車の色と同じだった。不思議なんだけど、後でじいの遺体が見つかった場所が流れ星の消えたところの真下だったの」

彼女はそうやって記憶と共に物語を言葉にし始めたのです。

今見えているものって私たちの気持ちが拾っている

奥さんを亡くした七四歳の男性に話を伺った時のことです。男性は一人暮らしの仮設住宅で私に煮込みを作ってくれたのですが、焦げてしまって、二人で焦げた煮込みを食べました。

男性が「泊まっていけ」と言いました。しかし布団が一組しかありませんでした。二人同じ枕で足を絡め合いながら、亡くなった奥さんの話を聞きました。忘れられない記憶です。

私は三陸の人々の体験を、薄皮を剥がすように本当に微に入り細に入り聞きました。でも、イエス・ノーでは聞きませんでした。

これは取材に限りませんが、どうしても人の話を聞く時って自分の物差しによってイエス・ノーで聞いてしまいがちです。

だから私は「その時、どう思われたのですか?」とか、「どうしましたか?」「どんな匂いがしましたか?」「あなたの中でどんなことが起きましたか?」と聞きました。

そういう風に聞くと、向こうから答えが返ってきます。

そして、その答えが意外だったり、よくわからなかったりした時はもう一度聞き返すことになります。

そうすると向こうもまた、「どうして私はあの時そういう感情になったのかな」などと考えます。やりとりが一往復で終わらないのです。


大きな喪失感に沈んでいる時、人はその悲しみとか痛みというものにギュッと固まってしまい、もちろん言葉にはならないし、視点も自分に集中してしまいます。

ところが、話のやり取りをする中で、ときに自分を外側から見るような視点に切り換わって語り出すことがあります。自分の気持ちが客観的に見れるようになるのです。

仏教に「唯識《ゆいしき》」という言葉がありますが、自分を俯瞰《ふかん》してありのままを見つめる瞬間があるのです。そういう時に、本人の気持ちがふっと変わることがあるのですね。たとえば、ものすごく幸せなとき電車に乗る。そうすると電車に乗っている人たちもどこかにこやかに見えます。でも嫌なことがいっぱいある時、落ち込んでいる時、同じ電車に乗ったとしても、見える風景はたぶん違うと思います。

私たちは、今見えているものが紛れもない事実だと思い込んでいます。しかし実際はそうではなくて、それは自分の気持ちが拾っているのではないかと思うのです。だから「見える」とか「見えない」というのは、あまり私の中では線引きがありません。

見えているもの、今あるもの、今広がっている世界を、現実だとか事実だと思うこと自体が誤りなのではないかと思うのです。人によって思いや感じることは違いますから。

しかもそれは、それぞれの人の中でさえ、変わっていくことがあるのですから。

『三陸物語』は、私が被災地の人たちの話を伺わせてもらって言葉にしたものです。

『三陸物語』の連載を記したのは、被災地で今も暮らしておられる方々であり、そして彼らの傍らに寄り添っている人々ではないかと思っています。

「死にたい」とまで思った彼女を踏みとどまらせたもの

震災で身内を亡くした多くの人たちから、「亡くなった人を見た」という話をたくさん聞きました。もちろんすぐには話してくれませんでした。

特に大人は「こんなことを言うとおかしいと思われるかもしれない」と考えますから。でも、そういう話題になった時に「実は私も見た…」という人が次々と出てきたのです。

お父さんを亡くした小学校三年生の男の子がそうでした。彼には幼稚園児の妹がいます。妹はお父さんが亡くなった後も、頻繁にお父さんが出てきていたのです。お通夜の時にお父さんが座っていたり、お花の間でお父さんが笑っていたりしたそうです。

私は「お兄ちゃんは見たことないのか?」と聞きました。彼は恥ずかしそうに、「天体望遠鏡をのぞいていたら星の間にお父さんが笑っていた」と教えてくれました。

本当に見えたか、見えなかったかなんてどうでもいいのです。自分の心象で見てもいいと思います。


幼稚園に通う娘二人と奥さんを亡くした四〇代の男性がいます。

彼は小学生の息子と二人生き残りました。仮設住宅に入った後、その息子と誓いを立てました。「あの世で再会するまで思い出をいっぱいつくろう」。

私がもらった大切な言葉の一つです。

彼は家が流されましたので、親戚などから生前の奥さんや娘たちの写真をもらいました。でも、最初は壁に貼ることができなかったそうです。思い出すとつらいから。

でも今は、壁は写真でいっぱいです。震災後に息子と旅した時の写真もいっぱい貼っています。

今でも彼と一緒に酒を飲んでいると、「つらい、つらい」と言ってよく泣きます。

悲しみは決してなくならないと思うのですが、そういうふうに何かが変わっていくのが私には不思議でたまりませんでした。

津波で七四歳のおばあちゃんを亡くした家族にも会いました。

震災が起こった時、家にはおばあちゃんとおじいちゃんとその次女、それから長女の娘がいました。長女の娘はダウン症で引きこもりでした。長女は高台の保育園に勤めに出ていて留守でした。

大きな揺れが来て、家族は高台へ逃げようとします。おじいちゃんは家の前に車をつけました。エンジンをかけて待っています。次女は、長女の娘がパニックを起こさないように手を引いて一歩一歩誘導しました。

おばあちゃんは地震の最中、携帯電話を探していたそうで、なかなか家から出てきません。ようやく玄関から出てきた時、津波が後ろから防潮堤を乗り越えてやってきました。おばあちゃんはそれに気付きました。そして叫びました。

「行げー！　おらのことはいいがら振り向かねえで行げよー！」

おじいちゃんはその瞬間にアクセルを踏みました。急発進した車は高台に走りました。後ろから聞こえたそうです。

「生ぎろよー！　ばんざーい！　ばんざーい！」

それから数日後、長女は逃げた三人と再会しました。しかしそれからずっと彼女は苦しみ続けます。

「どうしてお母さんを置いて逃げたのか」という父と妹に対する怒り。

もう一つは、「自分の娘に障害がなかったらお母さんは助かったんじゃないか」という気持ち。それでずっと心が揺れ続けるのです。彼女は亡くなった母親の後を追って死にたいとまで考えました。


しかし、そう思った彼女を踏みとどまらせたのは、母親の最後の叫び声でした。お母さんは、自分の命を投げ出しても家族に「生きろ」と言った。

車に乗っていた三人に「行げー！」と言った先には自分がいたのではないか。年が変わった頃くらいから、彼女の気持ちはそのように変化していきました。

取材をしているとよく、「あなたは何のために現地で取材しているのか」と聞かれました。もちろん、私自身も自問しました。恐れ多いことですが、私は新聞記者という仕事は、人の営みとか心を記す仕事だと思っています。

取材というのは、ときに人の心の中に手を突っ込んでかき回してしまうことがあります。

何度も失敗しながら、申し訳ないことをしながら学んできたところがあります。振り返れば、皆さん本当によく私に話をしてくださったと思います。

時には泊り込んで、時には酒を酌み交わして、徹夜で語り明かしたこともありました。

震災は「3・11」という記号化された過去の出来事ではない

私は東日本大震災が起きてから一年間、現地に泊まり歩いて取材をしました。季節はどんなことがあっても移ろっていきます。

震災後、初めての春がやってきました。

折れた桜の木から芽吹いてくる一輪の花を見ている人が被災地にはたくさんいました。「死」のかたわらに「生」の世界がありました。

あの当時、避難所ではみんなが必死に肩を寄せ合って暮らしていました。物資の配給を自分から買って出るツッパリのお兄ちゃんがいたり、トイレ掃除を黙々と続けるおじいさんがいたり。

地位とか年齢とか性別とか全く関係なく、すっぴんの人たちの有り様が見えていました。さりげなくというか、見えないところでコツコツやっている人たちが、周りの人たちに救いを与えていたように思います。

夏は暑かったです。海はギラギラ照り返しで光っていました。雑草が被災地を覆っていきました。山の上から見ると、まるで緑の草原みたいでした。

ただ瓦礫は異臭を放ち、ハエが飛び交って、粉塵が舞っていました。ハエ取り紙がもういたるところにぶら下がっていました。

その頃、仮設住宅ができました。「住める場所があるだけでありがたい」と多くの人たちがそんな言葉を口にしていました。

山々が色づく秋、本格的に仮設住宅での生活が始まりました。避難所では、被災した人たちが大勢一緒に暮らしていました。同じ悲しみとか、喪失感を抱える人たちがいっぱいいる避難所から仮設住宅という、それぞれの「個の空間」に移ったわけです。そんな中、多くの人たちが喪失感に襲われ、溜まっていた気持ちがピクっと音を立てて切れたような感じで、大きな痛みに襲われていたように思います。海はどんどん色を増して郷愁をかき立てました。木枯らしの時期になると、「心をかきむしるような枯葉のカサカサという音がイヤだ」と言っていた人もいました。職を失った人が「これからどうなるんだろう」と将来を考え始めたのもこの頃だと思います。

冬はすごく寒かったです。「例年になく寒い」と地元の人たちも言っていました。

ドカ雪が降りました。

狭い仮設住宅。苦痛を訴えたら、「甘えるな！」と言われる。家族同士でいろんな衝突が起きました。

雪が降ると被災地は一面真っ白になりました。私には、傷跡を真っ白な包帯が覆っているように見えました。

お正月には「明けましておめでとう」という言葉はほとんど聞けませんでした。代わりに、「去年はお世話になりました。その後どうですか?」というやり取りを見ました。晴れ着も少なかったです。


「新年」という言葉に実感はなかったと思います。

「新しい年を区切りにして」という言葉に怒っていた人もいました。

「冗談じゃない。なんで年が変わっただけで気持ちが変わるんだ」と。それから、こんな言葉も幾度となく耳にしました。

「3・11という呼び方がイヤだ」「3・11、3・11って何か昔みたいに言うなよな」

もちろん「3・11」という言葉を使っている人に悪気はないと思います。ただそう思っている人たちがいるというのも大切にしないといけないと思いました。被災者にとって震災は「3・11」という記号化された過去の出来事ではなく、今につながる時空にあるのだと思います。

生と死の間には壁があるのではなく繋がっている

震災から約一年後、四月の上旬に現地の下宿先を引き払いました。青森の八戸から車を走らせ、海沿いの道を一週間ほどかけて東京に戻りました。

被災地は、まだ津波の傷跡が生々しく残っていました。福島原発の周辺では住民が避難して空き家になった家々と放置された田畑が痛々しく見えました。

東京に戻り、私は被災地との大きな隔たりを強烈に感じ、ショックを受けました。まるで異空間のようにモノと人が溢れていると感じました。

東京の人々と会話を交わしてみると、震災が過去のものになっているような気がしてなりませんでした。

でも、考えてみれば神戸の震災の時に私はどうしていたか。東北の人も言っていました。

「神戸の震災の時、私はどこまで被災した人たちのことを考えることができただろうか」と。残念なことですけれども失って初めて気付くものなのですね。

「復興」とか「絆」という言葉が、何度も何度も使われていく中で、この言葉が当たり前のように使われていることに対して、苛立ちみたいなものが被災地では生まれていました。

それは、そもそも「復興」といっているけれど、元通りになるのかということ。それから「絆」といっても人と人の間にはいろいろなことが起きます。その繋がりが、ある意味息苦しさを伴うこともあります。

また、安易に「復興」とか「絆」とかいう言葉を使うと、話がそこで止まってしまって思考遮断になってしまう恐れがあるのではないかという気もしています。

今、東京に戻ってきてつくづく考えていることがあります。

それは、生と死の間には大きな壁があるのではなくて、繋がっているのではないかということです。

「生と死はセットもの」と言ってもいいかもしれません。同じ地平にあるような気がします。それを気付かせてくれたのは、やはり被災地で出会った人たちの言葉だろうと思います。

悲しみは決して時が解決してくれるものではありません。

でも、人の思いはうつろい続ける、このことを私は皆さんにお会いして学びました。流れ星を見たと話してくれた女子高生もそうです。彼女は後にこういうふうに言っています。

「私はじいを心の中で生かしている」

それから、一緒に添い寝した七四歳のおじいさんはこういうふうに言っていました。

「最近、夢の中で死んだ女房と世間話をした」

また、お父さんとお母さんを亡くした三〇代の女性はこういう言い方をしています。「この頃、さりげない自分の仕草を見たり、ふと鏡の中の自分を見たりした時に、『ああ、私もお母さんと同じだ。似てる』って思うんです」と嬉しそうに言っていました。
不思議なことに取材した人たちが語る亡くなったはずの人たちが、気付けば私の中にいるような気がするのです。何か私も仲間に入れてもらったような、そういう気持ちです。ありがたい出会いをたくさんいただきました。

震災が我々に突きつけたいろんな教訓や問い掛けを風化させないことが記者として、そして三陸の地を故郷と思う一人の人間としての努めではないかと思っています。
物語は語り継ぐことで生かされていくものです。ですから私はこれからも三陸に通い続けながら彼らの思いを記したいと思っています。

（2012年、宮崎自殺防止センターなどが主催した講演会より）

詩が開いた心の扉

作家　寮美千子（りょう・みちこ）

東京生まれ、千葉育ち。

外務省勤務、コピーライターを経て1986年、毎日童話新人賞を受賞。2005年、『楽園の鳥』で泉鏡花文学賞を受賞。翌年、古都に憧れ、首都圏より奈良に移住。絵本、詩、小説、自作朗読と幅広く活躍中。

主な著書に『星兎』『夢見る水の王国』『ラジオスターレストラン　千億の星の記憶』など。

少年刑務所で出会った子どもたち

私が奈良少年刑務所で教育を担当することになったきっかけは、その刑務所で開かれていた矯正展に出掛け、受刑者の詩や俳句を読んだことでした。どれも繊細で、胸に迫る作品ばかりでした。

「この子たちは私が思っているような凶暴な犯罪者じゃない。今まで持っていた恐ろしいイメージと違う」というようなことを夫と話していたら、「そうなんですよ」と後ろから職員の方に声を掛けられたのです。

その方とお話をして名刺を渡し、「お手伝いできることがあればします」と言って、その日は帰りました。

半年経った頃、刑務所から電話があり、「寮さん、授業をしてくれませんか?」と言われたんです。

「どういうことですか?」と聞くと、「法律が変わったんです」と言われるのです。

それまで刑務所というところは、罪を犯した人に懲罰を与えるための施設だったのですが、法律が変わり、「教育をして社会に戻す」という更生教育施設に軸足が移ったんです。

「これで新しい事業ができるようになったから寮先生に童話や詩を使った授業をしてほしい」というお話でした。

私、ボランティアはしてもいいと言いましたが、まさか受刑者に直接授業をするとは夢にも思ってなかったので、「どんな罪を犯した子がいるんですか?」と聞いたら、「強盗・殺人・レイプ・放火・覚醒剤です」と。

それを聞いてちょっとたじろぎました。それで詳しい話を聞きに刑務所に行きました。

出迎えてくれた教育統括の女性が言いました。

「こんなことを言うと被害者の人に悪いのですが、ここに来ている子は加害者になる前は被害者だった子がほとんどです。虐待や貧困、いじめ、みんなつらい目に遭ってきた子なんです」

たとえば、日常的にお父さんから殴られ、「お前は人間のクズだ」となじられる。そういう子は「自分はダメな人間なんだ」と思い込み、自己肯定感がものすごく低くなっていくんです。

そして「力で相手を屈服させる・させられる」、それが人と人とのコミュニケーションだと思ってしまいます。

レイプも「異常な性欲」と世間ではいわれていますが、根本にあるのは暴力です。虐待など暴力で支配されてきた子は、やがて暴力で相手を支配したくなるんです。そしてちょうど思春期と重なり、自分より弱いと思われる女性を力づくで自分の思い通りにする。そんなトラウマが引き起こすのがレイプ事件の根本にあると教わりました。

薬物もそうです。ひどい虐待やいじめを受けてきた子は、薬をやっている時だけ幸せになれることを覚え、どんどん薬に依存していくんです。単に遊び半分で薬をやって落ちていくわけではないんです。

最近は、発達障がいへの無理解があります。みんなはできるのに自分の子だけできない。それで親が「なんであなたはできないの！　なんであなたは駄目なの！」と言葉で追い詰めてしまうんです。

もう一つは、今お話ししたケースとは逆で、経済的に裕福で、社会的地位が高い親の息子・娘たちが、親の過剰な期待に追い詰められて、大きな事件を起こしてしまうケースもあります。

暴力のある環境で育った子と、親の理想を押し付けられて育った子、どちらの子も豊かな愛情を受けていません。だから情緒や感情がうまく育っていないんです。

「そこをまず癒してあげないといけません。童話や詩を使って彼らの心を耕してやってほしいんです」と教育統括の女性は言われました。

「授業はどれくらいさせてもらえるんですか？」とお伺いすると、「月に一回」と言われました。

「どれくらいの時間ですか?」「一時間半」です。
「どれくらいの期間ですか?」「だいたい六か月から八か月くらい」

私は無理だと思いました。いくら童話や詩でも、それを使った授業を受けるだけで人を殺すところまで追い詰められてしまった子どもの心を何とかすることができるわけがない、と。

しかし、教育統括の女性は「どうしても」とおっしゃるんです。
「この子たちが社会でうまくやっていけるようになってもらわないと、刑務所を出た後、孤独になってまた追い詰められて、人に助けを求められなくて、そして怖い人たちからの誘いを断ることができなくて、また罪を犯してしまう。そんなことをしてほしくないいんです。何としてもこの子たちには幸せになってほしいんです。それが次の犯罪を防ぐための一番よい手段なんです。ぜひともお願いします」

こう言われて、全く自信はありませんでしたが、その熱意にほだされて引き受けてしまいました。

それで、やってみたらこれがびっくりでした。最初の授業から変化があったんです。「こんな小さなことで？」と思うくらい、仲間から拍手をもらったり、感想を言ってもらうだけでどんどん変わっていきました。

第一期約一〇人の子たちに八か月やってみたら、やる前と比べてみんな全然様子が違うんですね。

でも「第一期はまぐれかもしれない」と思いました。一八期までやりました。全部で一八六人を受け持ちました。

中には重い罪を犯した子もいました。でも、一八人の中で変わらなかった子はいません。みんな必ずいい方向に変化がありました。びっくりするぐらいです。

もらえた拍手に芽生えた自己肯定感

奈良少年刑務所に入っていたのは一七歳から二五歳までの、重い罪を犯した子たちで、刑務所に入るのは初めてという子でした。暴力団などに関係した子はいません。

みんな一人で犯罪にまで追い詰められてしまった子たちです。そういう子は更生の見込みが高いといわれています。

今まで全国の少年刑務所で行なわれていた教育は、たとえば、「知能が高い子や勉強ができる子は更生の見込みが高い」ということで教育を施していました。

ところが、私が担当した子たちは全く逆でした。学校教育の落ちこぼれというだけではなく、刑務所の中の生活にもついてこられない子たちでした。


刑務所ではいろんな作業をします。その作業ができない、のろい、間違える、注意されても何を注意されているのかが分からない。それで他の子たちがイライラして、教官のいないところでその子をいじめるんです。そういう子たちでした。

だから最初、教室に入った時、「あら?」と思いました。


とても気が弱くて、先生にしがみついていたり、下を向いて全然声も出さない子だったり、目は宙を泳いでいて人の言うことなんか全然聞こえてない子だったり、独り言を言っていたり、この子は小学校低学年くらいじゃないかなと思えるような、そんな子ばかりだったんです。

最初の授業で『おおかみのこがはしってきて』という絵本を使いました。これは北海道のアイヌのお父さんと子どもの対話本です。

子どもがいろんなことをお父さんに質問します。最初の質問は氷の上を走っていたおおかみの子が転ぶのを見て、「ねぇ、どうして、ころんだの」と聞きます。

そこから子どもは次々に質問をしていくんですが、お父さんは面倒くさがらずに、一つひとつ優しく、丁寧に答えるんですね。

まずひと通り最後まで読んだ後、二回目は二人の子に前に出てきてもらい、一人が「お父さん役」、一人が「子ども役」になって読んでもらいました。

すると予想しなかったことが起きました。二人が読み終わった時、聞いていた子たちがみんなで二人に拍手をしたんです。

その拍手を聞いた途端、二人の表情が変わったんです。

あの子たちは今まで拍手なんかもらったことがなかったんだと思います。拍手だけで小さな自己肯定感が芽生えたんですね。

次々に二人ペアになってやってもらいました。「次は誰がやりますか？」と言うと、さっきやった子が手を挙げました。

「君はさっきやったばっかりだよね」と言ったら、「さっきは子ども役でした。まだお父さん役をやっていません」と言うんです。

私、その言葉を聞いて胸がいっぱいになりました。

「たった一時間でそんなに意欲的になっちゃうの！」って。それくらい人から評価されてこなかったんだと思います。

「砂に水が染み込むように」というのはこういうことなんだなぁと思いました。

一時間半の授業が終わるとみんなすごくいい顔になりました。さっきまで交流不能と思っていた子たちが何となく和気藹々としてきたんです。

「指導しない」という指導

授業中、「僕、できません。無理です」と言った子がいました。

その子に教官がこう言いました。「そうか。よく言ってくれた。できないならやらなくていいよ。やりたくなったらいつでも言ってね」と。

そしたらほかの子が「え！ そんなのありですか。だったら僕もやらなかったのになぁ」と口を尖らせました。

そしたら教官がさっきの子にまた言いました。

「君が『やりたくない』と勇気を出して言ったおかげで、『やらなくてもいい』という選択肢ができた。これでみんなすごく喜んでいると思うよ。ありがとうね」

すると、授業が終わってからその子が教官のところに行き、こう言いました。

「先生、僕今日初めて信用できる大人に会いました。今まで『やりたくない。無理です』と言うと、『何言ってんだ。みんなやっているんだからやらなきゃダメじゃないか。甘えるんじゃないよ』と叱られたり、『大丈夫だよ、君ならできるよ。頑張ってごらん』と励まされたりしてつらかったんです」と。

ここが大事です。ときに励ましはつらいんです。

「そうか、つらかったね。うん、うん」と傾聴した後、「でも頑張りましょう」と言ってはいけないいんです。ただ寄り添うだけでいいんです。

一か月後の授業では『どんぐりたいかい』という絵本を使いました。六人のどんぐりが「この中で誰が一番偉いか」と競い合う、すごくコミカルで、愉快なお話です。

本を読んだ後、札を六人分置いて「今度はこれをみんなでやります。好きな役を取ってください」と言いました。そしたら、その前の授業で「僕、無理です」と言った子が最初に札に手を伸ばしてくれたんです。それを見て涙が出そうになりました。

「そうか、待てばいいんだ」「待ってあげることが大事なんだ」「待てば自分のほうから心を開いてくれる。伸びてくれるんだ」と思いました。

これは六人でやる集団劇です。元々集団行動が苦手な子たちですから最初からうまくできるはずがありません。でも二回目、三回目とメンバーを変えてやっていくうちに、どんどん息が合ってうまくなり、自分たちで工夫するようになったんです。

なぜそうなったのか。実はうちのクラスは「指導をしない」というのをモットーにしていたんです。「頑張りなさい」は禁句です。

授業中に寝ている子がいると、「どうしたの？　具合悪いの？」と声を掛けるだけです。ふんぞり返って座っている子にも「ちゃんと座りなさい」とは言いません。

私たちが伝えたいことは、「ここは君たちが出所した後に幸せに生きられるようにやっている教室なんだよ」

「刑務所は厳しい所だけど、このクラスに来ている時だけは心を開いて自分の思いを語れるような場にしたいんだよ」ということでした。

人は緊張して萎縮していると力は出せません。でも、リラックスしていると自分が持っている力以上の、すごい力を出すことができるんです。

だからすごく息の合った劇ができるようになったんですね。

この「指導しない」という指導、そんなことあり得ないと思うかもしれませんが、実は結構大事なことなんです。

始まった詩の授業　～あふれ出たのは、やさしさでした

詩の授業になりました。詩は、心の扉を開けてもらわないと書いてもらえません。それで、その前の授業の最後で言いました。

「詩は難しいものではありません。『今日暑かったなぁ』だけでもいいです。何でも構いません。それでも書くことがなかったら好きな色についてでもいいですから書いてきてください」

そしたらみんな書いてきました。

よく「心の闇」とか言いますよね。問題を抱えた子の心を「闇」と、たった一言で片付けてほしくないんです。そんな子にだっていろんな色彩があるんです。

たとえば、黒という色でこんな詩を書いた子がいました。

黒
ぼくは　黒が好きです
男っぽくて　カッコイイ色だと思います
黒は　ふしぎな色です
人に見つからない色
目に見えない　闇の色です
少し　さみしい色だな　と思いました
だけど
星空の黒はきれいで　さみしくない色です

「闇」というと黒をイメージしがちですが、黒にもいろんな黒がある。それを理解してくれる人がいたら、この子は救われるんだろうなぁと思いました。

たった一行の詩を書いた子もいました。これは私の本のタイトルにもなりました。

「くも」という詩です。

くも
空が青いから白をえらんだのです

「空が青いから私は白という色を選んで雲になって浮かんでいるんです」と、雲の一人称です。

いつも最初に作者に読んでもらうのですが、この子は薬物中毒の後遺症と、頭にはお父さんに金属バットで殴られた大きな傷跡がありました。そのため言語障害があり、よく聞き取れないんです。しかも下を向いて早口で喋ってしまいます。

「ごめん。よく聞こえなかった。もっとゆっくり読んでもらえるかな」

それでもよく聞き取れません。二～三回やってもらいました。

やっとみんなに聞こえるように読んでくれました。

「空が青いから白をえらんだのです」

その瞬間、大拍手が沸きました。そしたら、その子がこう言ったんです。

「先生、話したいことがあるんですが、話してもいいですか」

私は「どうぞ」と言いました。彼が言った最初の一言は今でも私の耳に残っています。

「僕のお母さんは今年で七回忌です。お母さんは体が弱かった。けれど、お父さんはいつもお母さんを殴っていました。僕はまだ小さかったのでお母さんを守ってあげることができませんでした。お母さんは病院で亡くなる前に僕にこう言いました。『つらくなったら空を見てね。お母さんはそこにいるからね』。僕はお母さんのことを思い、お母さんの気持ちになってこの詩を書いてみました」

私は胸がいっぱいになりました。

すると私からみんなに「感想は？」と聞く前に手が挙がりました。

「僕は、○○くんはこの詩を書いただけで親孝行をやったと思います」と言うんです。

なんてやさしいことを言うんだろうって思いました。

また別の子が手を挙げました。「僕は○○くんのお母さんはきっと雲みたいにふわふわで柔らかくてやさしい人なんだと思いました」

なんという想像力、「そんな想像力があるのになんで罪なんか犯したの？」と思いました。

勢いよく手を挙げる子がいました。「どうぞ」と言ったら、あんなに勢いよく手を挙げたのに声が出ないんです。やっと絞り出すように言いました。

「僕はお母さんを知りません。でも、この詩を読んで空を見上げたらお母さんに会えるような気がしてきました」と言って、わぁっと泣き出してしまいました。

その泣いた子をみんながまた慰めてくれるんです。

「頑張ったんだね」「寂しかったんだね」「大変だったんだね」と。

この「お母さんを知りません」と言った子は、刑務所に入ってからというもの、自分の罪の大きさにおののいて何度も自殺未遂を繰り返していたそうです。

刑務所では自傷行為をすると慰めてもらうんじゃなくて懲罰を受けるんです。何日も独房に入れられます。

その子が、うちの教室で初めて「僕はお母さんを知りません」とカミングアウトしたんです。

そしたら、その日からピタッと自傷行為が止まったそうです。そして下を向いて曲がっていた背中が伸びてきました。最後の授業の時には笑顔さえ見せてくれるようになりました。


授業が終了して半年後に彼と話すチャンスがありました。彼は胸を張ってこう言いました。

「先生、僕、今度作業所で副班長になったんです」

「えー！　すごいね」。彼はかつて作業所でお荷物扱いされていた子です。そして、次の言葉にびっくりしました。

「最近、僕は休み時間にみんなの人生相談を受けています」

どん底まで落ちた人間には、どん底まで落ちた人の気持ちがわかる。だから、話を聞いてあげる人にもなれたんだと思います。このようなことが次から次に起こりました。こんな詩もあります。

好きな色
僕の好きな色は青色です
次に好きな色は赤色です

これには私も教官も頭を抱えました。どうやって褒めていいのか分からない。そしたら受講生のほうから手が挙がりました。

「僕は○○くんの好きな色を一つだけじゃなくて二つ聞かせてもらえてよかったです」

すごい！　そんな褒め方、どうしても思いつかなかった。

そしたらもう一人が「僕も○○君の好きな色を二つも教えていただき嬉しかったです」バージョンアップしています（笑）。

三人目が手を挙げました。これ以上何を言うんだろうなと思いながら聞きました。

「僕は○○君は青と赤がほんまに好きなんやなと思いました」

なんてやさしいんでしょう。実はこの詩を書いた子はいつも何の表情もない、人間とも思えないような「土の塊」のような顔をしていた子でした。

その子が、みんなの感想をどう受け止めたんだろうと思って、彼の顔を見ました。

そしたら笑ったんです。口の端が上がって花がほころびるように。微笑むとはこのことかと思うくらい笑ったんです。なんて可愛い顔なんだろうと思いました。

この子はその日からみんなと会話ができる子になりました。

「こんなボクなのに…なぜそんなにやさしい眼で…」

私の知り合いに、小学生の娘さんがタバコを吸ったということで学校から呼び出された父さんがいます。その時、彼は娘に何と言ったと思いますか？

「○○ちゃん、偉いね。タバコを吸ってみたかったんだね。その好奇心はすごいと思う。お父さんは嬉しい。だけどタバコは体に悪いんだ。お父さんは〇〇ちゃんのことが大好きで、とても大切だから、お願いだから体に悪いことはしないでね」と言ったそうです。

悪いことをした時、こういう伝え方をしてもらえたら、きっとこの先、この子は道を踏み外さないと思うんです。

どんなことをしても無条件に受け止めて寄り添うことです。子どもが何も喋らなかったら喋らせようと思わないでいい。黙って横に座って三〇分なり一時間の時間を過ごすだけでもいい。私たちが刑務所でやったことはそういうことでした。

「死にたい」と言った子に、「死ぬとかそういう後ろ向きなことを言ってどうするんだ」とか、「親を殺したい」と言った子に、「親を殺したいとは何事だ！」とか、そういうことを言わない。

ただただ「しんどい目にあったんだね。つらかったね」と言うだけです。

そしたらワーッと泣き出す子もいます。そこから立ち直りも始まるし、改心も始まります。自分のことを受け止めてもらったという実感があれば、そこから人間らしい心が育って、社会復帰に向かっていきます。

もちろん私がいくら絵本や詩の授業をやったからって、彼らが社会に出て器用に世の中でやっていけるようになるかというと、簡単じゃないと思います。

でも、皆さんがどこかでそういう人に出会ったとしたら、どうか受け止めてあげて欲しいんです。


私が奈良少年刑務所の授業で知ったのは、人は朗読をしたり、自分を語ったり、詩を書いたり、何かを表現した時に、それを受け止めてもらうことで、癒やされるということです。

癒やされて心の扉が開いたら、どんなひどい罪を犯した人でも、その心の中からやさしさがあふれ出てくるということでした。

私は、刑務所の作業所で一番困った子を教育して戻してやることで、作業所全体の雰囲気がよくなったケースをたくさん見てきました。社会も一緒だと思います。

汚らしいものをつまみ出して向こう側に追いやれば、ここに綺麗な世界が生まれるわけではないんです。かえってつまみ出された人たちを追い詰めて犯罪に向かわせてしまいかねません。

一番困っている人を助けることがこの社会の安全を守ることに繋がると思います。

最後に私の教室の子がお母さんへの思いを書いた詩を紹介して私の話を終わります。

こんなボク

こんな未来を　ボクは望んだだろうか
こんな未来を　ボクは想像もできなかった
こんなボクの　どこを愛せるの？
なぜ　そんなにやさしい眼で見れるの？
「だいじょうぶ　まだやり直せるよ」って言えるの？
こんなボクなのに……
こんなボクなのに　ありがとう　お母さん

みんながこんな気持ちでいれば、きっとこの社会から悲しい子どもたちがいなくなると思います。ありがとうございました。

(2019年　傾聴ボランティア「なら」5周年記念講演にて)

第2章

「先人に学ぶ」生き方

心が全ての発信源

北法相宗管長・清水寺貫主　**森清範**（もり・せいはん）

昭和15年都生まれ。

昭和30年に当時の清水寺貫主・大西良慶和上のもと得度、入寺。昭和38年に京都花園大学卒業。八幡市円福寺専門道場に掛塔（雲水修業）後、清水寺・真福寺住職に就任。

昭和54年、清水寺法務部長、昭和63年、清水寺貫主、北法相宗管長に就任し現在に至る。

自分の心を御開帳してみる

清水寺は大衆庶民の信仰の寺でございまして、いろんな方が来はります。こういうお寺で一番ありがたいのは何かと言うと、「御開帳」です。

清水寺は御本尊の観音さんが「秘仏」で平時はお扉が閉まっています。三三年に一遍だけその扉を開けるのが当山の「御開帳」です。その時は、それはそれは大変な賑わいでございます。

この「御開帳」というのは神道、即ち神様と非常に関係が深いんです。なぜかと言うと、「秘仏」というようなものはインドにも中国にも朝鮮半島にもないからです。日本だけなんです。

しかも奈良時代にもまだ「秘仏」はありません。奈良の大仏さんは「秘仏」じゃないでしょう。ですから広隆寺や薬師寺、それから興福寺には奈良時代以前に仏さんに扉をつくって錠をかけた記録がないんです。

奈良時代はまだない。ところが平安時代になり、天台宗とか真言宗が発達してまいりました時分に「秘仏」ができてくるのです。


これは恐らく神道と深いかかわりがあるのではないかと私は思うのです。神道では神様をこの目で見ません。頭を下げ、目をつぶって神様をお迎えします。

恐らく平安時代になって「神仏習合」がおこって神仏がひとつになり、仏教に「秘仏」というものができたというように思います。


ところで「御開帳」とはどういう意味でしょうか。今先ほど申しましたように、扉を開けますと御本尊さんが見えるわけです。これを私たちの生活の中にぐっと引っぱってきますと、私たちの「心」に当てはまると思うのです。

すなわち、私たちの心には仏さんがいはる。その仏さんの前に「百八煩悩」というものが塞いでいる。その「百八煩悩」を取ったら、仏さんが見えてくるということです。

皆さん、一遍、ご自身の心を御開帳してみてください。あんまりええもんは入ってへんはずでっせ。

「あいつ腹立つ。あいつにくたらしい」「あれも欲しい。これも欲しい」という怒りやら欲やら、いろんなもんがたくさん入ってますわ。ただそんなものを取ってしまおうと言っても、そんなに簡単に取ってしまうことはできまへん。

だったら、煩悩を完全に取り除くということは置いておいて、先に「仏って一体何やろか」ということを考え、仏に近づいていったほうが、私は分かりやすいんやないかと思うんですね。

人間ほどええことをするものはおりませんし、人間ほど悪いことをする動物もおりません。善も悪も好きも嫌いもみんな心の中に入っておるんです。

だから、清浄で純粋な心もちゃんと私たちの中にはあるわけですから、そこへさっと入ったほうが早いんじゃないかなと思うのです。

すべては心から

ここに小学三年生の女の子の詩があります。

「先生、怒らんとってね、私、ものすごく悪いことをした。私、お店屋さんのチューイングガムを取っててん。一年生の子と二人でチューイングガムを取っててん。すぐ見つかってしもた。きっと神様がおばさんに知らせはったんや。

私、物も言われへん。体がおもちゃみたいにかたかた震えるねん。私が一年生の子に『取りぃ』と言ってん。一年生の子が取った。

『あんたも取りぃ』と言ったけど、私は『見つかったら嫌やから嫌や』と言った。

一年生の子は取った。でも私が悪い。（中略）」

「お母ちゃんに見つからへんと思っとったのにすぐ見つかってしもうた。あんな怖い顔のお母ちゃん、見たことない。あんな悲しそうなお母ちゃんの顔見たことない。

死ぬほど叩かれて、『こんな子、うちの子と違う、出て行き』、お母ちゃんは泣きながらそう言うねん。私、一人で出て行ってん。いつも行く公園に行ったら、よその国へ行ったみたいな気がしたよ、先生」
「どこかへ行ってしまおうと思ったけど、でも何ぼ歩いてもどこへも行くところがあらへん。何ぼ考えても足ばっかり震えて何も考えられへん。
遅うにうちへ帰ってお母ちゃんに謝ってん。けど、お母ちゃんは私の顔を見て泣いてばかりいる。私はどうしてあんな悪いことをしたんやろう。もう二日もたっているのにお母ちゃんはまだ寂しそうに泣いている。先生どないしよう」

これ小学校三年生の女の子の詩です。この子、一言も自己弁護していない。こんな清浄で純粋な心が、実は私たちの胸の中にもちゃんとございます。それが「仏さん」です。

では、「仏さん」というのは仏教でどういうのかといいますと、「草木国土悉皆成仏《そうもくこくどしっかいじょうぶつ》」といいます。木も草も、そして国土というような抽象的なものも、みんな「仏さん」だというわけです。

ですから仏教では、すべてのものに仏が宿るというのが基本でございます。これを言い換えると「すべてのものに命が宿る」と言ってよろしいでしょう。

すべてのものが単なる「物」ではなくて、そこに命があるということでしょう。命ほど尊いものはありません。これほど普遍的で、これほど平等なものはありません。ですから「仏さん」という言葉を「命」という言葉に替えてもいいと私は思っております。命の尊さというものを結論にして、順々に心を説いていく。これが仏教の思想でございます。

夢を抱くのは私の心です。過去を回想するのも私の心です。納得するのも私の心です。今言いましたことを「そんなことないだろう」と疑うのも私の心です。

すべての物事は心から起こってきて、心ほど確実で真実なものはないんじゃないかと思うのです。心がすべての発信源、心からすべてが発信されていくということでございます。

ですから、仏教というのは極めて唯心的な物の考え方をするのです。

だから、ええ仕事をしようと思ったら、ええ心にならなあかんのですわ。仕事というものもみんな心がするんですから。

心という「蔵」には何でも入っている

四、五世紀頃のインドに「心」というものを大変熱心に研究したグループがありました。瑜伽行派《ゆがぎょうは》といいます。皆さんはヨガをご存じだと思います。今のヨガはこの瑜伽行派から生まれたものです。この瑜伽行派が「心」のことをサンスクリット語で「アラーヤ」と呼びました。それを中国の僧が「蔵」と訳したんです。つまり、人間の心は「蔵」のようなものだというのです。皆さんのご家庭に蔵はございますか？　納屋ともいいますね。蔵の中には昨日、今日入れた物も入っています。随分前に収納してもう忘れているような物や、もう使えへんような物も入っていると思います。それからおじいちゃんおばあちゃん、先祖代々が遺さはった物も入ってますでしょう。

私たちの心も「蔵」と同じでありまして、自分が経験したこと、思ったこと、考えたこと、見たこと、聞いたこと、話したことがしっかり入っております。

もう自分で覚えていないことも全部入っておるんですね。それだけでなく、ご先祖の方々が見たこと、聞いたこと、話したこと、思ったこと、経験したことまですべて入っているのです。

私たちの「蔵」、すなわち「心」というのはそういうものなのです。生まれてきたときに、すでにもうお父さんお母さん、おじいちゃんおばあちゃん、そして先祖代々の「荷物」を蔵の中に入れているのです。

心の中に入ると消えない

私たちは簡単に「先祖代々」といいますが、そのご縁は、遡《さかのぼ》りますと四〇億年前、地球上に命がひとつ誕生したところまで繋がっているわけですね。そこから一遍も途切れたことがありまへん。どこかで途切れていたら今私はここにおりませんから。

実は、先祖代々から今の私たちまで繋げてくれはった「材料」があるんです。赤ん坊はそれを自分の「蔵」の中に入れて生まれてくるわけです。

それを仏教では「本有種子《ほんぬしゅうじ》」といいます。「種子」と書いて、「しゅうじ」と発音します。

そして皆さんがこの世に生まれてきて、五〇年、六〇年、七〇年と人生を送りますね。そうしますと、五〇年、六〇年、七〇年の間に経験したこと、見たこと、聞いたこと、話したこと、思ったこと、すべてがまた「蔵」の中に新しく入ってくるわけです。

それを「新熏種子《しんくんしゅうじ》」といっております。

そして、これが最も恐ろしいことなのですが、「新熏」という種子、すなわち、自分が心で思ったこと、口で話したこと、体で行ったこと、それらのことが「蔵」の中に一度インプットされると消えないのです。一つも消えません。

だから、自分の体が行う、口で言う、耳で聞く、目で見る、心で思うというのは大変なことなのです。特に心で思うことは外からは分かりませんね。

「あいつ、電信柱で頭を打ちはったらいいのに」と、嫌な相手に対して思ったりしますでしょう。そう一度でも思ったらもう消えません。人が聞いているとか聞いていないとか関係ないのです。

どんなことを思い、どんなことを言い、どんなことをしたか、これが私たちの「蔵」を作っていく「材料」になります。それと先祖代々からもろうてきたもの、心はこの二つの二重構造になっているわけです。

私の「蔵」、すなわち「心」というものは他人がつくってくれるわけじゃないんです。自分の「蔵」は自分がつくっていくということでございます。

捉え方がみんな違う

ユングという心理学者は、この先祖代々からもろうてきたものを「生命記憶」、あるいは「集合的無意識」と呼んでおります。

私たちは常に物を観て生活しております。

「観る」というのは観音さんの「観」ということですが、物を観ますときに、一遍自分の蔵を通して観ているのです。ですから、自分が色付けしたものを実は今観ているわけです。

こうして私の話を聞いていただいてますが、今まで皆さんお一人おひとりがご自身の「蔵」の中に入れてきはった「材料」を通して、私の話を聞いております。


だから、私の話の取り方がお一人おひとり違うわけです。それは今まで勉強してきはったこと、経験してきはったことがみんな違いますからね。

この前、寺山修司という方の本を読んでいましたら、あの方がこう言ってはるのですわ。「しょうもない本はない。ただし、しょうもない読み手はおる」と。

分かりますか、私これ読んでドキッとしました。

「しょうもない本はない。ただし、しょうもない読み手はおる」

これは何かと言ったら読んで受け取る私たちの「蔵」のことを言っているんですね。

猫でもそうです。お腹の空いた猫の前に小判と焼き魚を置いてみなさい。この猫、どっちをくわえていきますか。小判をくわえて逃げていくような、そんな気の利いた猫、私知りませんわ。

そりゃあ一番に焼き魚を持ってバーッと走っていきますわ。ということは、猫の「蔵」の中には小判の存在がないんです。だから小判が見えていても観ていないのです。聞いても聴いていないのです。つまり、すーっと抜けるんですな。

この「蔵」という「心」が大切なんですわ。「蔵」の違いによって観ている世界が違うんですね。

蚊の命もタンポポの命も私の命とどこかで繋がっている

命って不思議ですなぁ。何で生きてるんでっしゃろな。私、いつもそう思うのですわ。私の心臓は私が動かしてるわけじゃないんです。

じゃあ「生きてる」って何ですねん。

この前、血管の本を読んでいたんです。そしたらね、「血管には動脈と静脈と毛細血管がある」と書いてある。

栄養分のある血液が動脈を通って心臓から全身に送られ、帰りは老廃物をもって静脈を通って戻ってきて、要らん物は外へ出すんです。

この血管ですけど、成人の血管をすべて継ぎ合わせると一〇万キロになるそうです。ちょっと想像つかないでしょう。地球一周が四万キロです。地球を二周と半分です。それほど長い血管がこの身体の中に張り巡らされているというのです。

しかも心臓から出た血液は一分間で返ってくるんですって。不思議なもんですねぇ。こんなありがたい身体をいただき、命をいただいているんです。

遺伝子工学がご専門の村上和雄先生が「命が誕生する確率は一億円の宝くじが連続して一〇〇万回当たる偶然性や」とおっしゃっています。

だから命をいただくということは本当にあり得ないことを経験しとるということなんです。

さらに不思議に思いますのは、この命は四〇億年昔と繋がっているんです。途中で切れていたら私、今おりませんから。この地上にいる生きとし生けるものは私とみんなどこかで繋がっているのです。

ここに飛んでいる蚊の命も私の命とどこかで繋がっているはずです。タンポポもそうです。スミレもそうです。この宇宙全体でこの命を生かせしめているのです。

私なんてこうして偉そうにしゃべってますけど、何も食べなかったら生きておられません。ものを食べて生きているということは、ものの命を食べているんだということでございます。

つまり空間的にも私たちの命というものは繋がっているということです。

ですから皆さん方、ものをいただくとき、「いただきます」と言いますね。それは「そのものの命をいただく」ということです。

お膳の上にご飯があったとしますと、日本では人と食べ物との間にお箸を横一文字に置きます。韓国や中国もお箸の文化ですけど、あちらは縦に置きます。スプーンを添える場合もあります。

日本の伝統的な文化においては横一文字にお箸を置くことに意味があります。それは、これから食べる食べ物が神聖なもので、お箸は食べ物と「私」という人間との結界になっているのです。

茶道においてもそうです。お茶の席に入らはるときには必ず扇子を持って入ります。ご亭主が出てきはったら扇子を置いてごあいさつをして、そして今度はその扇子を外します。そうしますと、お茶席は「ご亭主もお客さんもない」という平等な世界になるのです。

お食事の席にお箸が横一文字に置いてあるということは、食べるものがいかに神聖かということです。ものの命ですから。

これを食べさせていただかないと私たちはいっときとして生きていくことができんわけでございます。そういう空間的な、あるいは時間的な条件というものによって、私たちはちゃんとここに生きることができているのです。

世界中どこにもない神仏習合という日本の文化

私たちは体の具合が悪いといってはお医者さんに行きます。けれども心まで診てもらったことはないでしょう。

私も一度だけ人間ドックというのを受けたことがあります。ベッドに寝たままトンネルのような装置に入ると、カーン、カーン、カーンと鳴りました。あの時、これで最後かなと思って南無阿弥陀仏を唱えさせていただいたことを覚えております（笑）。終わるとデータが出てきました。それを見ながら先生が「血圧の数値が高い。糖尿の数値も高い。これもあかん。あれもあかん」と言って、「毎月私のところに来なさい。採血をして調べます」、そんなことを言わはったんです。

それで毎月行くたびに先生が「まだあかんなぁ、まだあかん」と言って、いつも怒られるんです。その時、私いつも思うのですが、心のドックというのがあったらどうだろうか、と。大変でっせ。

「はい、どうぞ、森さん、そこ座って。おー、あんた、根性悪いね」と、まず言われそうです。「数値が高い。口が悪いなぁ。腹は真っ黒けやなぁ」とも言わはるでしょう。だって一遍も修正してへんのですから。

だから他人が悲しんでいるのを見たとき、ほんまに「悲しみ」として見えているかと言うと、場合によっては逆のものに見えているかも分からない。

自分の「蔵」（心）を通してますから、ひょっとしたら違うものに見えているってこともあるんじゃないか。そうしましたら一遍これを修正せんならん。

このときに何を心に持ってくるのかと言えば、やっぱり仏さんがいいと思うんです。仏さんは命をものさしとして持っておられます。そのことによって、ゆがんだ心を修正することができるのではないかと思うのです。

さて、日本の文化といいますのは、大昔は狩猟文化でありました。いわゆる縄文文化の時代です。そして稲作文化が入ってきてそれに重なり、日本文化の原型ができていくんです。特に稲作は太陽とか水、土といった自然の恩恵を受けないことにはできません。

当然この辺から自然崇拝というものが行われる。その自然崇拝から日本の神道が生まれてきたのではないかと思うのです。このことが実は、後に入ってまいります仏教に非常に強い影響を与えるのです。

五五二年に仏教が日本に入ってまいりました。時の天皇は欽明天皇です。しかしその時、日本にはすでに神道がありました。神様がいてはるところに外国の宗教が入ってきたんです。

ちょっと考えてみてください。つまり仏教は異宗教です。やっぱり抵抗があったと思いますよ。その時、物部氏と蘇我氏が時の権力を争っていたわけですが、蘇我氏が仏教を受け入れました。

その際、神道は「出て行け」と言って仏教を排斥しなかったんです。そして神道と仏教は重なりました。これを「習合」と言います。神仏習合です。「融合」ではありません。融けたわけじゃない。融けたら「神仏教」というのができないかんのです。

この「習」は「重なる」という意味です。つまり神様と仏様とが重なったんです。そして「ほんち本地すいじゃく垂迹」という思想が生まれました。「本地」は仏さんで、「垂迹」というのが神様です。ですから、大日如来さんが天照大神様なんです。こういう形で神仏がちゃんと重なって、ひとつも違和感なく明治まで伝わってきたわけでございます。

人間として外してはいけない絶対的条件

私どもは相対の世界に生きています。男・女、勝つ・負ける、若い・年いってる、敵・味方とか。こういう相対の世界に生きています。

昔、川端康成さんがノーベル文学賞を受賞された時、記念講演があったんですわ。昭和四三年ですから私が二〇歳の頃です。

その時の演題が、初めは「美しい日本と私」やったんです。それを川端先生は「美しい日本の私」と変えはったんです。相対の関係ではなく「一体」という意味にしたんですね。

相対の世界では、もめ事や争いが絶えません。一番分かりやすいのが夫婦の関係ですね。ご主人が「俺の言うこと、何でおまえは分からんねん」と言うと、嫁さんはどう言いますか。「私の言うこと、何でお父さんは分からへんの」と言って喧嘩になります。正しい者同士だから喧嘩になるのですよ。

「俺が悪かった」「いや私のほうが悪かった」とお互いに言い合っていたら喧嘩になりませんねん。二人が一体になることが大事なんです。

一一月二二日は「いい夫婦の日」です。その日に、奥さんからご主人に、またはご主人から奥さんに宛てたラブレターを募集してまとめた本が出ております。

その中から一つ読んでみます。ご主人が奥さんに書いたお手紙です。

君と結婚して三十年余り、いろいろなことがあった。僕にとって中でも忘れられない思い出は、まだ子どもが小さかった頃の夫婦げんかだ。

若気の至りで小さなことに腹を立てて、「おまえなんか実家に帰ってしまえ」と、家から追い出したとき、君は泣きながら出て行ってしまったね。がらんと寂しくなった部屋で心配そうに見上げる子どもたちの顔を見つめながら、やがて君の実家からかかってくるであろう電話にどのように対峙しようかと、あれこれ考えあぐんでいたとき、かかってきた電話口から流れてきた声は、「もっと自分の女房を大事にしろ」という聞きなれた僕のおやじの怒鳴り声だった。

そうか、君は自分の実家ではなく、僕の実家に行ったのですね。まだ若かった君が悲しみの中で取った咄嗟の行動に君の本当のやさしさ、賢明さを知り、完敗した。

その時、僕は決心した。君とはもう喧嘩はしない。君を一生大事にしていこうと…。

この夫婦、初めは「相対」やったんです。喧嘩して奥さんが自分の実家ではなく、ご主人の実家に帰らはった。それでご主人のお父さんの怒鳴り声が聞こえてきた。そこで初めてご主人がはっと気が付かはったんです。

ここで両者は「一体」になったのです。


皆さん、三角形の絶対的条件って知ってますか。

一辺が長いとか短いとか、そんなことではありませんね。それは相対的なものですわ。絶対的条件は内角の和が2直角、180度であること。これを外したら三角形でなくなる。


人が生きていく中で絶対外してはならないもの、絶対的条件とするものは何か。それはやっぱり命の尊さでしょう。命の尊厳です。

共に生きて、共に老い、共に亡くなっていくというこの命のメカニズムを一つの思想にまとめたのが仏教ではなかろうかと思うのです。

政治も経済も教育も「一人ひとりはかけがえのない尊い存在である」ということが基本になかったらあり得ないのです。

この命の尊さに目覚めていくことが、ゆがんだ私たちの心を正していくのではなかろうかと思うのでございます。

（２０１６年、熱田神宮が開催した「文化講座」より）

論語から正義を問い掛ける

元検事、元弁護士　田中森一（たなか・もりかず）

1943年生まれ。大学時代に司法試験に合格。1971年検事任官、大阪地検・東京地検時代には「特捜のエース」と評される。その後、特捜部を経て87年弁護士に転身。2000年石橋産業事件をめぐる詐欺事件で逮捕、起訴され、無実を主張するも実刑が確定。2012年11月に刑期を終える。著書『反転〜闇社会の守護神と呼ばれて』がベストセラーになる。他にも『堀のなかで悟った論語』、共著に『検察を支配する「悪魔」』などがある。2014年11月22日死去。

法律は時々私の正義感と衝突した

私は約二〇年間検事をしまして、検事を辞めた後は約二〇年間弁護士をしました。その後五年間、刑務所に入っていました。そして二〇一二年一一月に出所しました。その刑務所の中で胃がんを患いまして、服役中に胃がんの手術を受け、今では元気になって皆さんの前でお話をすることができるようになりました。こういう経歴の人間はたぶん他にはいないと思います。

なぜ私が刑務所に入ったのかを私が話すと弁解がましくなるのでしません。私は、自分がやったことを後悔していませんし、やったことを悪いと思ってもいません。ただ、世間に迷惑をかけ、疑われるようなことがあったということで、その点においては大いに反省しなければならないと思っています。

検事時代の大半は、東京地検と大阪地検の特捜部にいました。そこは政財界の難しい事件を扱うところです。世間から私は「特捜部のエース」といわれていました。

弁護士になってからは、「すご腕弁護士」といわれるような評価も受けていました。

私はその四〇年間、いろんな大きな事件を扱いながら、思い悩むことがありました。時々、自分が正義だと考えていることが法律と衝突する場面があったのです。

この国は法治国家ですから、人々が法律を守ることで成り立っています。ところが人生には、法律に反してでも自分はこうしなければならないという選択を迫られる場面があると思うんです。自分の信念みたいなものです。


そういう場面で私を支えてきたのが論語でした。私は、小さい頃から論語的な育て方をされ、学校でも論語を教えてもらい、大人になってからは自分なりに論語に親しんできました。

検事になって判断に悩むことがあると、いつも私は「論語ならどう解決するんだろうか？」と考え、指針にしてきたのです。

私が初めて論語に触れたのは、小学校二年生の時でした。実はそれが論語の教えだということは後で分かったんですけど、担任の女の先生から教わったのが、私が覚えている最初の論語の記憶です。こんな話をされました。

皆さん、今日は正直ということについて勉強します。これは中国で本当にあった話です。

中国で飢饉があり、作物が取れない年がありました。働き者のお父さんがいて、一生懸命働くんですけど、農作物が取れない。とうとう子どもに食べさせるものがなくなった。子どもが飢え死にしそうになったのです。

お父さんの隣の家の庭に柿の木がありました。その木に柿がなっていたんです。お父さんはこの柿を子どもに食べさせて、飢えをしのぎたいと思いました。そしてその柿を盗んだんです。それを子どもは見ていました。その盗んだ柿を子どもに食べさせて、子どもは飢え死にしなくて済みました。

ところが、その柿の木の家の主人が、「うちの柿が盗まれた。きっと隣の住人に違いない」と、当時の警察に訴えたのです。

おまわりさんが来ました。「お前は隣の柿を盗んだのではないか？」と言うわけです。お父さんは「いいえ、私は盗んではいません」と言いました。

今度は子どもに聞きました。「お前のお父さんは隣の柿を盗んでお前に食べさせただろう」と。

子どもは自分が食べた柿はお父さんが隣の柿の木から盗んだものと知っていたのに、歯を食いしばって、「私のお父さんはそんなことはしていません。僕も食べていません」と言い張りました。

その時、担任の先生は小学校二年生の私たちにこう聞いたんです。

「この子どもは嘘つきでしょうか。正直者でしょうか？」

皆さんは今この話を聞いてどう思いますか？「そりゃその子は嘘つきだ」と思う人もいるでしょう。「いや、嘘はついているけど、私もその子の立場だったらそう言うと思う」という人もいるかもしれません。これは人それぞれです。

そのクラスには児童が四〇人くらいいたんですが、先生は手を挙げさせました。

「嘘つきと思う人？」と聞いたら三五、六人の子どもが手を挙げました。残り四人か五人の子どもは、「正直だと思います」に手を挙げました。私は後者に入っていました。

私はなぜ本当のことを言わなかった子どもが正直者なのかは分かりませんでした。でも、小学校二年生の私にはその子どもが正直者に思えたんです。

今大人の皆さんが考えても答えはまちまちだと思います。普通に考えれば嘘をついているのですから、嘘つきになるでしょう。

その時の、担任の先生はこう言ったんです。

「中国の偉い人は…」、偉い人というのは孔子です。その時は孔子とは言わなかったんですけど、「中国の偉い人は、その子どものことを正直者だと言って褒めたんですよ」

なぜか。そのことを説明しても小学校二年生の子どもに分かるはずはありません。だけど私は、先生の答えと自分の答えが合っていたということで、とっても嬉しかったのを今でも鮮明に覚えています。

これが、私が論語に触れた一番古い記憶です。未だにこの子が嘘つきか正直者か分かりません。深い哲学の問題であり、倫理の問題です。

人それぞれの世界観によって違うと思います。確かに、法律の世界からいったらその子は嘘をついているんですから、やっぱり嘘つきです。

しかし、「お父さんは盗っていません」と父親をかばった子どもが、人として正しいことをしたと思えたのです。

それ以降、私にとってそれが正義になったのです。検事をしている時も、弁護士をしている時も、小学校二年生の時に先生に教わった、あの子どもの言動が私にとって正義なのです。

ですから、検事として仕事をしていた時、日本の法律が、自分の正義感と衝突することが度々ありました。それでもうこれ以上、自分の正義感に背くことはできないと思って、私は志半ばで検事を辞めました。

私は今でも小学校二年生の時に教えられたことが正義だと思っています。ただ、それが論語であり、孔子の教えであることは、ずっと後になって分かったことなのです。

法律的に正しい行いをした男を正直者と言わなかった孔子

私が小学校で教えられた、柿を盗んだお父さんの話は、実際には論語の中でどういうふうに書かれているか、ご紹介します。

昔、楚《そ》の国の葉《しょう》という町に、葉公《しょうこう》という領主がいました。その町に孔子という偉い人が来られるということで、葉公は、「この町は法律が行き届いていて、みんな法律を守る立派な町だ」ということを自慢しようと思いました。

孔子が葉に来られました。葉公は孔子にこう言うのです。

「孔子さま、わが町には躬《きゅう》という男がいます。この男は自分の父親が他人の羊を盗んだ時、正直に役所に届け、訴えたのです。私が治めているこの町はちゃんと法律が行き届いている素晴らしい町でしょ？」

それを聞いた孔子が何と言ったか。「そうですか。でも私が住んでいる町ではそういう人を正直者とは言いません。お父さんが悪さをしたら子どもはお父さんをかばいます。子どもが悪さをしたらお父さんは子どもをかばいます。私の町ではそういう人を正直者と言うんです」

これは今でも議論が分かれると思います。正義感の問題ですから、葉公が自慢する躬という男のことを「正直者」と言う人もいるでしょう。正直にありのまま真実を言うわけですから。

ところが孔子はそうは言わなかったんです。

「お父さんが羊を盗んだ。子どもはそれを知っていた。そのことを子どもがとがめられたとき、お父さんをかばうものである。逆に子どもが悪さをしたときにはお父さんは子どもをかばうものである。そこに正直がある」と。

もちろん、悪さにも限度があります。人を傷つけたとか、人を殺したとか、そういうことになると話は別ですよ。そういう罪をかばう者を正直者とは言わないでしょう。

この論語に出てくる羊というのは、よその家の庭につながれていた羊ではなくて、そのつながれていた羊が群れから離れて、ぶらぶらしていたんです。

それをお父さんが自分の家に連れて帰ったんです。それを「盗んだ」ということになっています。ですから、ここでいうのは、そこそこの悪さです。

何で孔子は、親をかばう子ども、子どもをかばう親を正直者と言ったのか、ということです。「かばう」ということは人間としての素直な情だと思います。その情は、神様が人間に与えたきれいな心ではないでしょうか。


一方、法律というのは人間が作ったものです。時の権力者が世の中を治めやすくするために作ったのが法律です。

そういう法律に従うよりも、天が生まれながらに人間に与えたきれいな心、つまり良心、そういうものに従うことが本当の正直者ではないか、と孔子は言いたかったのだと思います。

「あなたにとって悪とは何ですか？」と聞かれたら、私はこの孔子の教えを説きます。必ずしも法律に反することではなく、人間としての良心に背くこと、これを私は悪だと思っています。

仮にその時の法律に反して刑務所に行くようなことがあったとしても、人間の良心を偽らなければ、私は悪とは思わないのです。

カメはウサギに「どうしたの？」と声を掛けるべきだった

中学校になって、一人の国語の先生と出会いました。その先生は柔道部の先生でもあり、口癖は「柔道をやれば心・技・体が磨かれて、立派な人間になる。だからみんな柔道をやって自分を鍛えろ」でした。

私も柔道をやりたいと思ったんですが、家が貧乏で柔道着を買うお金がありませんでした。それで先生に相談しました。

「先生、僕も柔道を習いたい。だけどうちには柔道着を買うお金がありません。柔道ができないと立派な人間になれないんですか？」

そしたら先生が、「いや、お前は勉強ができるんだから、勉強で心・技・体を磨け」と言って、一冊の薄っぺらい本をくれました。それが論語だったんです。

その先生がおっしゃるには、「柔道で学ぶシンは心だが、論語で学ぶシンは信用の信だ。そして、柔道で学ぶギは技だが、論語で学ぶギは正義の義、つまり人の道だ。それから柔道で学ぶタイは体だが、論語で学ぶタイは耐えることだ。つまり論語を学んでいけば、人から信用される人間になる。人の道を外さない人間になる。そして何事にも耐えられる人間になる。この三つを備えたら立派な人間になる」ということです。

それから私は何かあったら論語の本を読むようになりました。大人になり、検事になっても、弁護士になっても、難しい問題にぶつかった時は、「これは論語ではどうやって解決したらいいんだろうか」と、論語の本をめくっていました。

そしてこの度、五年間、刑務所に入っていましたので、ほとんど毎日論語を学んでいました。

それと、私の母は小学校四年生までは学校教育を受けたのですが、その後はお寺の奉公に出された人でした。ですから、お坊さんから勉強を習ったり、法話を聴いていたみたいです。

そんな母から聞いたこと、しつけられたことは論語の教えと共通していまして、「何事も思いやりを持ちなさい」というものでした。

今でも記憶にあるのが「ウサギとカメ」の話です。

皆さんが知っている「ウサギとカメ」は、ウサギのほうが速かったので途中で昼寝をした。その隙にカメがウサギを追い抜いて勝ったという話です。

つまり、何事も「コツコツ努力することが大事。どんなに能力があっても怠け者は負ける」、これがこの話の教訓だと思います。

ところが母はこう言うんです。「確かにウサギさんは途中で寝ていた。カメさんはウサギさんを追い抜いて先に山の頂上に着いたけど、カメさんの取った行動は正しかったのかい？」

僕は「学校でそのように習いました」と言ったら、母はこう言ったんです。

「ウサギさんは本当に怠けて寝ていたのかい？　もしかしたら病気で倒れていたとか、調子が悪くて寝ていたんじゃないのかい？

カメさんはウサギさんの横を通りかかった時、『ウサギさん、どうしたの？　気分が悪いの？　大丈夫？』と声を掛けるべきだったんじゃないのかい？

勝負するんだったら正々堂々と勝負して、それで負けたらそれはそれでいいじゃないか。ウサギさんを起こさないようにこっそり追い抜いて勝って嬉しいのかい？」

どんな状況であっても相手のことを考えることが大事という教え、これこそ論語の中で一番重要な教えだということが、ずっと後になって大人になってから分かったのです。

法律に従うよりも人としての道を

論語の教えの中で一番重要な教えが「恕《じょ》」です。これは「相手の心のごとく自分の心を使いなさい」という意味です。つまり「思いやり」です。これが論語の中でどのように出てくるかご紹介します。

孔子の弟子の子貢《しこう》という人が師匠に質問するんです。

「先生、一生涯大事にして守っていかなければならない教えは何ですか?」と。

孔子は言います。「それは恕だ」と。

孔子は「恕」ということについて、「己《おのれ》の欲せざる所は人に施すこと勿《なか》れ」と言っています。つまり、「自分がされたくないことは人にはしなさんな」という意味です。

これが思いやりです。

これを聞いてイエス・キリストの教えを思い出した人もいるでしょう。キリストは「自分がしてほしいことを人にしてやりなさい」と言いました。

キリストの愛は積極的です。これが西洋の考え方です。

それに対して孔子の教えは控えめであり、消極的です。これが東洋の考え方、ひいてはこれが日本人の美徳を形成しています。

よく、「日本人は言いたいことを言わない」というようなことを外国人から欠点のように言われることがありますが、これは「恕」という日本人の消極的な思いやりではないかと思うんです。


また、こんな場面もあります。孔子が曾子《そうし》という弟子にこう言うんです。

「参《しん》（曾子の本名）よ、私の道は一つのことで貫かれている。分かっているか？」

それに対して曾子は「はい」と答えただけでした。

孔子が部屋を出て行った後、他の弟子たちが曾子に「先生は何のことを言ったのか？」と聞くわけです。曾子は答えます。「先生が貫かれている道とは『忠恕』、人を真心から思いやることです」

「忠」というと、戦国時代の武将に対する「忠義」とか「忠孝」というイメージがあるかもしれませんが、本来の意味は、読んで字のごとく「心の真ん中」、つまり「真心」、これが「忠」です。つまり、真心からの思いやりが「忠恕」なのです。これが論語の中で最も重要な教えです。

私も小さい頃、「人のことを考えなさい」「思いやりをもちなさい」と母親から言われて育てられました。そして、そのことが検事として仕事をしていた時も、弁護士として仕事をしていた時も、法律と衝突したのです。

東京地検特捜部で、ある贈賄事件の容疑者を取り調べている時、彼の奥さんが末期がんで危篤状態になったという連絡が弁護士から入り、「何とか最後の別れをさせてあげてほしい」と言われました。

最初、私の上司は認めませんでしたが、私と検事事務官三人が立ち会うことが条件で認められました。

当日、私は夫婦二人だけの時間を作ってあげたいと思い、事務官三人に退席を命じました。

三人は「そんなことをしたら我々がクビになります」と強く抗議しました。私は、「俺がすべて責任を取る」と三人を説得しました。

そして午後一時から五時までの四時間、二人きりにさせました。

「五時に病院の玄関で待っています」と言って、我々は近くの喫茶店で時間を費やしました。これが上司に知れたら、私は検事として責任を追及されます。私は辞職覚悟でした。

五時になり、目を真っ赤に腫らした容疑者が病院の玄関に戻ってきました。その夜、それまで容疑を否認し続けてきた彼がすべてを自供したのでした。

その後、後輩検事の裏切りなど紆余曲折あり、悔しい思いをしました。この事件で、「検察庁はもう私のいるところではない」と痛感し、辞職を決意したのでした。

彼は蚊の鳴くような声で「二人だけで話したい」と言った

もう一つ、私が担当した大きな事件のことをお話しします。私が大阪地検特捜部にいた時のことですから、今から二〇年以上も昔の話です。

当時、ワープロというOA機器が売れ始め、ある業者がそれを大学生に使わせようと、国立大学に大量購入の話を持ちかけました。

大学としては当時の文部省から予算をつけてもらわなければなりません。そこで業者が文部省の大学を担当する課長に現金を渡して予算をつけてもらうようにお願いしました。同時に、大学の事務局の偉い人にもお金を渡して大学で買ってもらうようお願いしたわけです。

これは汚職です。それで何億という予算が付き、関西地区の国立大学は大量のワープロを購入したのです。その情報が入ってきて、大阪地検特捜部が動き、ついに関係者を捕まえました。

何人かの検事が容疑者の取り調べをしていきました。主任の私は文部省の大学担当の課長を東京から大阪につれてきて、拘置所に入れ、取り調べをしました。

その課長は「二〇〇万円の賄賂をもらった」とすぐ自供しましたが、我々はそれ以上もらっているという情報を掴んでいましたので、さらに追求していきました。

取り調べは毎日朝から深夜まで行われるのですが、彼は「二〇〇万円以外には絶対もらっていません」と言い張るんです。

特捜部というところは、小さな事件で捕まえて、その奥にあるもっと大きな事件をいかに暴くかが能力として問われるところです。

「あの課長は一〇〇〇万円以上もらっているはずだ。そうでないとあんな派手な生活はできない」という風評がある以上、どんな手段を使ってでも、疑惑をさらに追求していくわけです。

ところが、その課長は頑として二〇〇万円以外の賄賂を否定し続けました。取り調べは毎日、夜中の一二時過ぎまでやるんです。部屋には時計はありませんから、相手は今何時なのかも、何時間やっているのかも分からない。とにかく早朝から深夜まで激しい言葉で追及します。

だけど、彼は「絶対二〇〇万円以外にありません。天地神明に誓います」とか「私がそれ以外にお金をもらっていることが分かったら、私は検事さんの前で首を吊って死にます」とまで言って、涙を流すんです。

そこまで言われると、私も本当にそうかなと思うわけです。

二週間くらい過ぎた頃でした。夜中の一二時くらいでした。私は声を張り上げて、「お前がそこまで言うんだったら、裁判が終わっても一生お前の面倒はみないぞ。お前を一生ここから出さんからな」と捨て台詞を吐き、取調室のドアを蹴り上げて出て行こうとしました。

実際は拘置所から出られないということはないんですよ。ただ、そう言って出ていこうとした瞬間、彼が立ち上がったかと思うと、腰が抜けたような感じで床の上に座り込んでしまったんです。

そして蚊の鳴くような声で「検事さん、お願いがあります。検事さんと二人だけで話したいんです」と言うんです。顔面蒼白でした。

取調室には私の他に検事事務官という人がいて、筆記しています。

「取り調べは一対一ではできない規則なんだ。公明正大になるように必ず事務官を置いている。だから事務官を外に出すわけにはいかないんだ」と言うんですが、彼はどうしても二人だけで話がしたいと言って聞かないんです。

「本当のことを話して死ぬ」と容疑者は言った

仕方がないので私独自の判断で事務官を外に出し、二人だけになったところで彼が言いました。

「検事さん、これから私は本当のことを言って、そして死にます。これを検事さんに話したらもう生きていけないのです」

その顔に血の気はありませんでした。

「実は検事さんが言うように、他にもお金をもらっていました。私がずっと否認し続けていたのは、もらったお金の使い道をどうしても言えなかったからです。実は私には変な趣味があるんです。私は女性には興味がないんです。私は若い男性にしか興味がないんです」

そして、「このことが世間に知られると、私はもう生きてはいけないので死にます」と言うのです。


彼は五〇代半ばで妻子もいましたが、よそに若い男を囲って、その男にお金をつぎ込んでいたのです。今は同性愛者も社会的認知を受けていますが、二〇年以上も前ですから、全く理解されていません。ましてや文部省のエリートです。

さあ、真実を知ってしまった私は悩みました。これは文部省と大手メーカーと国立大学の贈収賄という大事件です。ですから、彼の話を聞かなかったことにすることはできません。しかし、聞いたことをそのまま事件にすると、彼は拘置所を出たらおそらく自殺するでしょう。

彼の命を奪ってまで本当のことを公表し、裁判で世に問うことが検事として正しい仕事なのか、私は一人悩みました。こんなこと、誰にも相談できませんからね。

私は小さい頃から「思いやりを持ちなさい」「人のことを考えなさい」と母から教えられてきました。また、それが正しいと思ってきました。

「恕《じょ》（思いやり）」ということが論語の中で一番重要な教えだということも学んできました。それで三日間悩みまして、私は自分なりの決断をしました。

それは、この課長が男にお金を使ったのではなく、女に使ったことにしようと思ったのです。女遊びだったら世間でよくあることです。

それで社会的制裁は受けても、自殺せずに済むだろうと思ったのです。

しかし、調書に事実と違うことを書くと、懲役一年以上の重い罪になり、私は検事をクビになります。でも、彼を死なせないために、私はその罪を背負ってもいいと思ったのです。

彼にそのことを話したら、「とんでもない。妻に怒られます」と言いました。「何を言うか、男遊びをして妻に怒られるのと、女遊びをして妻に怒られるのとどっちがいいか。奥さんは俺が説得するから」と言って、彼を説得し、私は「お金は女に使いました」という調書を作ったのです。

それでどうなったかと言うと、彼は保釈され、裁判では執行猶予が付きました。その後、彼は違う仕事で定年まで働き、今は普通に老後を送っています。

一九八七年に私は弁護士に転身しました。

そして二〇〇〇年にある事件に関わり、結果的に私のやったことが法に触れるということで逮捕され、有罪判決を受けて服役しました。

そして、刑務所の中で胃がんになり、所内の診察室で手術を受け、何とか元気になって出所しました。

法治国家では法律を守って生活するのが当たり前です。しかしどうしても私の信念が法とぶつかる場面で、究極の選択を迫られることがあるわけです。

そういう時、私は人間としてどうあるべきかを貫くことが本当の生き方だと思ってきました。その時、私を支えてくれたのが論語だったのです。

（2014年、横浜北生活倶楽部生協組合が主催した論語講演会より）

縁を生かす

作家　鈴木秀子（すずき・ひでこ）

東京大学人文科学研究科博士課程を修了後、フランスとイタリアに留学し、ハワイ大学やスタンフォード大学にて教鞭を執る。聖心女子大学教授を経て、国際コミュニオン学会名誉会長となる。

日本にはじめてエニアグラム（性格タイプ診断テスト）を紹介。全国および海外からの要望に応えて、「人生の意味」を聴衆とともに考える講演会やワークショップで、さまざまな指導に当たっている。

あなたが大人になったという事実

もう随分前のことなので記憶が曖昧ですが、私がアメリカのスタンフォード大学で教鞭を執っていた時、同僚の友人から聞いたお話があります。スラム街で育った少年とその担任の先生のお話です。

その女性の先生は、少年が四年生の時の担任でした。クラスの中でその少年だけどうしても好きになれませんでした。なぜならいつも汚い格好をしていて、授業中はいつも居眠りをしていたからです。何を言っても反応がないし、疲れ果てたような顔をしていたのです。

ある日、「この子さえいなかったら…」と思いながら過去の学籍簿をめくってみました。一年生の時の学籍簿には「優秀で素直ないい子。この学校の誇りです」と書いてありました。

先生は驚いて、今度は二年生の時の学籍簿を見てみました。そしたら「お母さんが病気になり毎日が大変らしい。それでもめげず、よく勉強しています」とありました。しかし、三年生の学籍簿には「母親死亡。父親がアルコール中毒になった」と書いてあったんですね。

それを見て先生は、一〇歳の男の子がどんな毎日を過ごしているか、その背景など想像もしなかった自分の感受性の足りなさを思い知らされました。

その日は、翌日から長期休暇に入るという日でした。先生は少年に言いました。「先生は休みの間、学校に来る日が多いから、もし家にいるのが大変だったらここに来て勉強する?」と。そしたら彼の目がぱっと輝いたというんです。

少年は休みの間中、学校に出てきて、先生の机の横で勉強をしました。分からないところは先生から教えてもらいました。

ある日、少年がふと「今日は僕のお誕生日なんだ」と言いました。その子にとって心を開く最初の扉だったと思います。

病気になったお母さんの面倒を一生懸命みていたのに、お母さんは死んでしまい、お父さんはアルコールに溺れている。

「いじめられるよりも無視されるほうがつらい」といいますけど、そんな中で先生が声を掛けてくれて、少年は自分が先生に受け入れられたと思ったので、そんなことを言ったのでしょうね。


夕方、先生は小さい花束とケーキを持って少年の家を訪ねました。汚れた暗い部屋に一人ぽつんと座っていた少年は、先生の姿を見て子どもらしい笑顔を見せました。しばらくして先生が帰ろうとしたら、少年は部屋の奥から小さいビンを持ってきました。「これ、先生にあげる」と言って差し出したビンは、ふちが蝋《ろう》で閉めてありました。先生はそれをもらって帰り、蓋を開けてみました。中は香水でした。

お母さんが使っていた香水だったのです。きっと彼にとって唯一の宝物だったのだと思います。先生は香水が逃げないようにまた蝋を垂らし、きちんと蓋をしました。

学校が始まってからも、少年は勉強を続け、成績がどんどん伸びていきました。そしてその子が六年生になる時、先生の転勤が決まりました。

しばらくして、先生はその少年に手紙を書きました。しかし、なかなか返事が来ませんでした。何となく気にはなりながら、もうその少年とは縁が切れたような気持ちでいました。

そんな時、一通の手紙が来ました。そこにはこう書かれてありました。

「先生のおかげで高校に入学できました。奨学金をもらえたから、とてもいい高校に行くことができました」

三年後、今度はカードが届きました。

「父はまだ大変な状態ですが、父から離れて寄宿舎に入って高校を無事に卒業することができました。卒業後は○○大学の医学部に進みます」と書いてありました。

先生は「もうこの子は大丈夫だ」と思いました。

そして、一〇年近くの月日が流れ、少年のことを忘れかけていた頃、一通のきれいな封書が届きました。それは結婚式の招待状でした。

「先生のおかげで僕は医師になり、すてきな人と結婚することになりました。ぜひ結婚式に来てください」

先生は感動して、しばらく手紙を握りしめたまま、その場に立ち尽くし、流れる涙を抑えることができませんでした。

結婚式の日、先生は大事にしまっていたあのビンを出してきて、蝋を切って蓋を開け、底のほうに少しだけ残っていた香水をつけました。

式場へ行くと、立派な医師に成長したあの少年がハグをしてくれました。かつての少年の姿が先生の脳裏によみがえり、「よくぞここまで頑張ったね」と言って、心の底から祝福の言葉を贈りました。彼は先生を抱きしめて、嬉しそうにこう言いました。

「あぁ、お母さんのにおいだ」

そして、「お母さんが生きてたら、お母さんに座ってもらう席でした」と言って、自分の隣の席に先生を座らせたそうです。

私は、本当につらい人とは、「自分は愛情をもらえなかった」という思い込みのある人だと思っています。

「人生は五歳までで決まる」という言葉もあります。どんなに家庭環境が貧しくても、生まれてから五年の間に十分に愛情をもらうと、「生きるっていいことだな」という感覚を持てるのです。

でも、子どもの時につらい生活やつらい体験をしていると、「生きることは苦しくてつらいんだな」と思い込んでしまうのです。

それを取り去ることは難しいです。でも、小さい時に愛情をもらわなかった人は、一生そうかと言うと、絶対そんなことはないんですね。自分が小さい時に思い込んだことを引きずっているだけなのです。

あなたが大人になったという事実は、十分愛情をもらっていた証なのです。

それがたとえ母親でなくても、どこかで誰かが愛情を与えてくれたから、大人になることができたのです。

月刊誌『致知』の藤尾社長は「この少年もまた素晴らしかった」と言っていました。なぜなら、その先生との縁を忘れず、縁を育んできたからです。

こんな感動の話が生まれたのも、少年が、先生からいただいた縁を生かし続けたからだ、と。もしあの先生と出会えなかったら、彼は子どもの頃のつらい体験から「自分はダメな子だ」と思い込んで、本当につらい人生を送ったかもしれません。でも彼は先生との縁を自分の未来にしっかりつなげました。

縁を生かす。これが人生、生きていく上でとても大切だと思います。

自分は今ここで何をすべきか

東北の震災直後の福島に行きました。ひどい所では、野良犬がうろうろしていて、まるでゴーストタウンのようでした。ある家にお邪魔した時、こんな話を聞きました。

震災の三日前に地震があった時、ある小学校では「津波が来るかもしれない」ということで、六年生に一年生の手を引かせて山に逃げさせました。

そして震災がやってきて、津波が来ると聞いた一年の担任の先生は、「この前みたいに六年生は一年生の手を引いてこの前の山へ行きなさい。先生はあなたたちの後から行くから」と言いました。

そして、全員が校舎から出るのを見届け、児童が学校に一人もいないのを確認してから、山に向かって出発しました。


しばらく走って子どもたちの姿を見つけた時、先生はハッとしました。なぜなら先頭の子たちが、ものすごい勢いで「津波が来たら水没する」と言われていた山に登っていたからです。

「そっちじゃない！　六年生が間違えたんだ。別の山なのに」、そう思ったのですが、すでにかなりの子たちが登ってしまっていました。

「山を下りて引き返しても、今からじゃ間に合わない。でも、あの子たちを残して自分だけ安全な山へ逃げることはできない。それなら、子どもたちを少しでも高いところへ登らせ、そこで子どもたちと運命を共にしよう」、そう思いながら先生は、必死で子どもたちを追いかけました。

子どもたちに追いつき、声を枯らしながら必死で子どもたちを頂上まで誘導した先生は、ふと後ろを振り返りました。

すると三日前に登った、あの安全だと思っていた山がなんと津波に飲み込まれてしまっていたのです。それで結果的に全員助かることができました。本当に不幸中の幸いだと思いました。

あの震災には本当にたくさんの悲しい出来事がありました。

あるおじいさんから話を聞いた時、「自分たちが安全で生きられる保証はないと痛感した」と言われました。

たしかに、近い将来、東京にも直下型の大地震が来るという話も聞きますし、「命を保証してくれるものは何もない」というのは本当だなと思いました。

私はそのおじいさんに、「そんな体験をなさって、教訓として得られたものはありましたか?」とお尋ねしました。するとその方は「それはね、今、ここで生きることだけです」と言われました。


地震が起こった時には、まずは現状を見極め、助かるためにどんな方法があるかを冷静に探す。そのためには、「何かを選択する力」を今ここで育てておくしかないということです。

つまり、毎日をぼんやりと生きるのではなく、自分は今ここで何をするのが一番いいかを選択しながら生きることが大事なのです。

たとえば食事の時、ご飯をもう一杯食べるか、迷ったとします。その時に、「今から運動するから食べるのはやめよう」、「夜まで時間があるから食べておこう」というふうに、自分にとって何が一番いいのかを考えるのです。

そうやって、小さなことでも日頃から意識する訓練をすることが大事なのです。
このおじいさんとも、素敵な縁をいただいたように思いました。

あなたを愛する人があなたを守っているサイン

私は病院のドクターに「亡くなる人たちは、最期はどんな様子ですか」と聞いたことがあります。すると、どのドクターも「もがいたり苦しんだりはするけど、最期はとても安らかです」と言われます。

トラックの運転中に事故に遭い、病院に運ばれてきた一人の青年がいました。手術室に搬送し、電気をつけた瞬間、その青年の体からダイヤモンドが輝くようなきれいな光が見えたそうです。体の中に入ったガラスが電気の光で反射したからでした。
もう手がつけられず、「残された時間がほとんどない」ということで、身内の人を呼ぶことになりました。

調べるとこの青年は孤児院で育ち、家族が一人もおらず、中学卒業後すぐに運送会社で働いていたことが分かりました。病院に駆けつけたのはその孤児院の院長でした。しばらくするとその青年は、突然、院長先生の目の前で上半身を起こし、両手を上げながら「美しい、美しい、美しい」と三回叫んで横たわり、そのままとても穏やかな表情で息を引き取ったそうです。

院長先生は、その時のことを思い返しながら、こう話してくださいました。

「彼は死ぬ前に本当に美しい何かを目にしたのだろう。この青年の一生は短かったし、幸せとは言えなかったかもしれない。けれども彼の人生は、実に見事だったに違いない。人間は誰しも、このように神々しく亡くなっていく」と。

「死ぬと地獄へ行く」なんてよくいわれていますが、もしかするとこの世の苦しみこそが本当の「地獄」なのかもしれません。

ですからそれを乗り越えた人は浄化され、清められ、その人の素晴らしさを発揮できる状態になって、この世を去っていくのではないでしょうか。

私たちは誰かが亡くなると、寂しくて、もうその人との縁が切れてなくなってしまったかのように思いがちです。でも、そうではないと私は思います。

きっとあの世で違う命に生まれ変わり、新しい縁の中でまた生きていくのではないかと思っているのです。

この世で苦しい思いをした人であればあるほど、新しい世界では至福の人生を送っていくのだと思うのです。

たとえば私たちの身体は、神経が通り、血液が流れ、すべての臓器が調和しながら動いています。同じように私たちが生きる世界も、きっとすべてが調和しているのではないかと思うのです。

ただ、亡くなった人には、一つだけ「務め」があるそうです。

それは、自分の愛する人たちが地上の旅を続けている間、その人たちを守り、愛を注ぎ、勇気づけ、希望を与え、一人ひとりの使命を全うするように助けることだそうです。

時々ありませんか？「こんないいことが起こっていいの？」とか「最近、すごく運がいい」とか、そういう自分の力とは思えないほどのことが起こって助けられることって。それは、あなたを愛してくれる人があなたを守っているサインなのです。

よくよく考えてみたら、そういうことって私たちの身の回りにいっぱい満たされているような気がしませんか？　私たちは、実はそんな世界に生かされているのだと思うのです。

現実を受け入れ苦しみを乗り越えた時

作家の遠藤周作さんが病気で入院している時、一番つらかったのは薬で体中がかゆくなった時だったそうです。

「かゆいかゆい！」と言っていたら、奥様に「あなたはヨブみたいね」と言われたそうです。ヨブというのは、旧約聖書に出てくる、善人でありながら人間としてありとあらゆる苦しみを担った人です。

何も悪いことをしていないのに、洪水で財産が奪われ、子どもも死に、奥さんも出ていきました。自分一人だけ残され、さらに病気になり、友だちから笑われ、危害を加えられたりします。

とても苦しくなったヨブは、ある日、神様に嘆きます。

「神よ、私が生まれた時、どうして命を長らえさせたのですか。私が生まれた時、どうして私に乳を与えてくれる乳房があったのですか。どうして、私を早くあなたのもとに連れていってくださらないのですか」

それでも苦しみはなくならず、最後には体中がかゆくなる病気になりました。かゆさは痛みよりもつらく耐え難いですよね。とうとう耐えられなくなったヨブは、「神よ、あなたは私を見捨てるのですか」と言うんです。

遠藤さんは『沈黙』という小説を書きました。

長崎の殉教者たちが踏み絵を強要されて苦しんでいる時、「神よ、あなたはなぜ黙っていらっしゃるのですか」と嘆くんですね。

助けてもらえない沈黙の中で、それでも神の愛を信じ続けるのが、あの拷問に耐え抜いた人たちの生きる姿であると、遠藤さんは『沈黙』の中で書いているのです。だからこのヨブの話は、遠藤さんにとって他人事ではなかったのです。

天からの助けは何もなく、ヨブは体中がかゆくなって、「もう死んだほうがましだ」と思った時、神の声が聞こえるんです。

「ヨブよ、神とヨブとどっちが正しいのか？」

今まで、ヨブは「自分は絶対正しくて神が間違ったことをしている」と言って神を責め続けていました。それなのに「どっちが正しいのか？」と言われた時、ようやく視点を変えることができるんですね。

「神は自分に命を与え生かしていてくれている。人間は愛する人が死んでも命をつくりだすことができず、どんな名医でも病気で死んでいく人を助けることはできない。自分の命には神が関わっているのだ」

そんな神の立場に立つと、違う見方ができることに気付いたんですね。

すると、また神の声が聞こえました。しかしそれは、「ヨブよ、大変だったね」という慰めの言葉ではなく、「ヨブよ、腰に帯して立ち上がれ」という言葉でした。もっときちんと自分を持ち直し、ちゃんと生きなさいというメッセージだったのですね。

それを聞いたヨブは、「その苦しみを自分が引き受ける」と決め、その後の人生を生き抜いていったのでした。

私たちは苦しい時、「神も仏もあるものか！　何でこんなことが起こるのか！」と思ってしまいがちです。しかしそれが、その人を育てる大きな縁だったりするのです。その現実を受け入れ、苦しいことを乗り越えた時、その縁は深まっていくのです。

（２０１５年、照隅会が主催した講演会より）

本との出会い　人との出会い

NPO法人読書普及協会会長
逆のものさし講代表　読書のすすめ店主

清水克衛（しみず・かつよし）

大学を卒業して10年後に、大学時代の柔道部の先輩から「マンションを建てたから一階の店舗で何か始めろ！」と言われ、卒業しても先輩には「ハイ！」以外の返事はなく書店を始める。95年書店『読書のすすめ』開業。全国からお客さんが来店する繁盛店に。

人と本との出会いで人生が変わることを伝えるべく、03年にNPO法人「読書普及協会」設立。

著書に、『他助論』『5％の人』（以上、エイチエス刊）等多数。

五感の一つ先に第六感がある

「この本と出会っていなければきっと今頃離婚していた」とか、「この本を読んでいなければうちの子どもはグレてた」とか、そういう感覚、皆さんの中にもありませんか？「本との出会い」で人生はすごく変わります。

そういう出会いを大切にしようと、ＮＰＯ法人「読書普及協会」を設立しました。東京の江戸川区篠崎町でやっている「読書のすすめ」という本屋では、来店されたお客さんに、「どんな本をお探しですか？」と声を掛けて、その方にぴったりの本を紹介するってことをやっています。

お店を始めて間もない頃は、本を薦めるとすごく嫌がる人もいました。「あいさつしましょう」とか「歴史を勉強しましょう」とか「履物を揃えましょう」とか、そういう関係の本を薦めると、嫌な顔をされて、「こちらは何かの宗教ですか？」って言われるんです。

悔しくてね。その頃は冗談で「そうです」と言ってました（笑）。そうすると店から逃げて行くんですすね。悔しいから追い掛けて、「壷も売ってますよぉー」って言うんです（笑）。

そうやってだんだん近所のお客さんがいなくなっていきました（笑）。

でも、一〇人に一人くらいは、店に来て、「この前、店長に薦められた本を読んで感動しました」と言ってくれたり、「この本に出会えてなかったら、どうなってたか分かりません」と言う人が出てきました。

そのうち、「面白い本屋さんがある」と、テレビに取り上げて頂けるようになりました。『エチカの鏡』という番組では、人生に悩んでいる女性が来店して、何やら本を探している。

そこに私が後ろから、「何かお悩みですか？」みたいな感じで声を掛け、本を紹介するという映像が放映されたものですから、あれ以来、お悩み相談をしながら、商売繁盛しています（笑）。

私の著者『非常識な読書のすすめ』（現代書林）という本の中にも書かせていただいたんですけど、人との出会いって「たまたま」ですよね。本との出会いも人との出会いも、どちらもその「たまたまの出会い」の中に、何らかの価値を見出して行動していくと、人生が大きく変わり始めるんです。

その行動を私は「足運び」と言っているんですが、本を読んで何か感じることがあったら、動いてみる。会いたい人に会いに行ってみる。そういうことを薦めています。


すると、その「たまたまの出会い」が「運命の出会い」に変わるんですね。その時、大事なことは「ロク」を磨くということです。

「ロク」とは数字の「六」です。これは五感のもう一個先にある「第六感」です。「直感」とか「ひらめき」とか言ったりするんですけど、その第六感を磨くためには、視覚、聴覚、嗅覚、触覚、味覚の五感を徹底的に経験しないといけないんです。そうしないと第六感は身に付かないんです。

これ、別に不思議な話でも何でもなくて、昔から言われていることです。

ちょっとした差を感じられるようになるには、五感をフル活用しないといけないんです。だから、「足運びをしましょう」と言っているのです。

読書をしない高校生へ

最近、東京都立の高校に、よく講演に呼ばれるようになりました。この間も読書量が都内最低ランクの高校でお話をしてきました。話し始める前に、すでに生徒の三分の一は寝てました。後ろのほうの子はしゃべっています。男の子はだいたいボタンが開いていて、シャツが出ていて、ポケットに手を突っ込んでいます。女の子はみんなAKB48に見えます（笑）。こういうところで話をするのは大変なんです。

でも、次の二つの話をすると彼らはすごく前向きになって本を読み始めます。

一つ目はこういう話です。

今は変革の時代だからエリートは役に立たない。エリート、つまり、偏差値が高い人は、答えのある問題を解くのは得意なので、時代が安定している時は役に立つ。しかし、今のように変化が激しくて、先が読めない時代の問題というのは、答えがないし、あっても一つじゃない。だから、こういう時代の中では、いろんなものにチャレンジして、いろんな経験をしてみるしかない。

こういう時代にはエリートは役に立たない、という話をするんです。

それで、「パッと見た感じ、君たち、偏差値低いよね?」って聞きます（笑）。そうすると自信を持って頷きます（笑）。

その時、「君たちの時代がきたよ」って言うと、「本読んでみようかな」という気になるんですね。スイッチが入るわけです。

講演の後、「何か本を紹介してください」って言われます。今まで先生たちに「読め、読め」って言われてきたから本が嫌いになっていただけなんですね。

もう一つの話はこれです。第二次世界大戦で日本が戦争に負けた時に、朝鮮半島とドイツは二つに分けられました。実は、日本も名古屋あたりで二つに分けられる計画があったのに、分けられなかった。

「なぜか分かる？」って聞くんです。

僕は答えを知っているんですけど、教えません。そうすると「教えてください」とみんな言います。そこで、答えは教えずに本の紹介をすると、苦手な歴史の本でも、読んでみようかなと思うんですね。

読めばいいってもんじゃない

ただ気をつけなきゃいけないのは、本はたくさん読めばいいというものではないということです。近頃は、本を読めば読むほど理屈っぽくなって、何でも理屈で返そうとしてしまう人がいます。

知識ももちろん大切です。でも、それ以上に大切なのは、「人との出会い」です。

世の中にはいろんな人がいます。その人たちと出会うきっかけづくりとして本があるということなんです。

本を読んでピンとくるものがあったら、まず実践してみましょう。「足運び」をして会いたい人に会いに行ってみましょう。本を読んで行動に移す、これが大事なことなんです。

答えのない時代には正解ではなく面白がるセンス

この前、すごく偏差値が高い高校で講演をしました。学校に行って生徒と廊下ですれ違ったら、立ち止まって深々とお辞儀をするんですね。びっくりしました。

そういう真面目な子どもたちには、『笑撃テストの珍回答』（コスミック出版）という本を薦めました。これは面白いですよ。テストの間違った回答を集めて載せた本です。

たとえば、「次の括弧の中に一字入れなさい」という問題。

「（　）口一番」

これはもう常識ある大人はすぐ「開口一番」だと思いますよね。だから、正解は「開」という字です。しかし、今どきの高校生は違うんですね。「サッポ」と回答していました（笑）。こういうセンスって素敵じゃないですか。

答えが一つしかない時代には偏差値の高い子が必要とされていましたけど、今のように答えがいくらでもあるという時代には、こういうセンスがないと乗り越えていけないいんじゃないかと思うんです。

言葉がちょっとおかしいかもしれませんが、もっとふざけたらいいと思うんですよね。「面白がる」というか、「楽しむ」というか、そういう発想がなければこれからの時代、生き残っていけないいんじゃないかと思うんです。

特に「3・11」以降、いろんなものが時代に合わなくなってきていますよね。原発もそうです。

私の仲間に福島の方が結構います。もう大変です。家に戻れないし、仕事もなくなったし。彼らの気持ちになったら、それでもまだ原発やるのかと思いますよ。

「原発を稼働させないと経済がよくならない」とおっしゃる人がいますけど、それは「いいか・悪いか」と、二次元でしか考えられない人だと思うんですね。

そうではなくて三次元の答えが大事だと思うんです。さっきの「サッポ」という珍解答も三次元の答えだと思います。

○でも×でもない、三次元の答えを探すことが、今の時代に必要なことだと思います。

読書普及協会では、「縦糸の読書」「横糸の読書」とよく言います。

縦糸の読書というのは時代が変わっても変わらない考え方です。「あいさつしよう」とか「仲良くしましょう」とか。時代が変わっても変わらないもの、それが「縦糸」です。

「横糸」というのは時代が変わったら変わってしまう考え方です。たとえば、明治時代は牛を食べたら角が生えるとみんな信じていました。今は誰もそんなこと信じていませんよね。

戦争だってそうです。我々日本人もかつては戦争をしました。今では、戦争はいけないと分かっていますし、あの頃は戦争はいいと思っていたわけです。『5％の人』（エイチエス刊）という本を書きましたが、日本人の中の5％の人は「戦争なんかやめよう」と言っていたそうです。95％の人、つまりほとんどの人たちが「日本は神の国だから勝てるのだ」と言っていたわけです。

周りに流されず、自分の信じた道を貫けるように、本を読んでほしいと思っています。

13歳からの道徳教科書

今すごくオススメしているのが、『13歳からの道徳教科書』（扶桑社）という本です。この本の最初に橋本佐内という幕末の志士が出てきます。二四歳の若さで安政の大獄で殺されるのですが、一五歳の時に『啓発録』という本を出しています。この中で五つ、みんなに「こうしようよ」と言っていることがあります。

一つ目は「稚心を去る」。子どもっぽい心を捨てよう、ということです。読書普及協会では、「自分の機嫌は自分で取ろうよ」と言っています。嫌なことがあっても引っくり返してよい方に考えよう、と。

二つ目は「気を振るう」。これは「負けじ魂」と「恥を知る気持ち」を奮い立たせて努力することです。たとえば、テレビに出てくるコメンテーターの方は、よく「アメリカではこうだ」「ヨーロッパでもやったから大丈夫だ」とか言いますよね。

戦争で負けて以来、いまだに日本は後進国で、欧米のほうが優れていると思っている。そうではなく、「負けじ魂」と「恥を知る気持ち」で努力しようと言っているんです。

三つ目は「志を立てる」。これは自分の進む道に対する決心を固めること。就活で悩んでいる若い子がよく私のお店に来ます。

「何で悩んでるの?」と聞くと、「一部上場で、給料が安定していて、休みがしっかり取れるところに就職したいんですけど、なかなかなくて」と悩んでいる。恥ずかしい話ですよね。

わずか四〇年前の一流企業と言ったら石炭会社です。今、石炭会社を一流企業とは言いませんよね。時代は変わります。

だからこそ、「志を立てる」ということが大事なんです。志を立てて、今は小さな会社でも世の中の役に立つように大きくしようと思って働けばいいんです。

四つ目は「学を努める」。先人の立派な行いに習って、学問や修養に励むということです。

五つ目は「交友を選ぶ」。自分にとって大切な友人を選んで交際を深めるということです。

海の武士道

「海の武士道」という話もこの本の中に出てきます。第二次世界大戦の時の、日本海軍の駆逐艦「雷」の艦長、工藤俊作氏の話です。

戦争が勃発して最初の頃、日本海軍がイギリス軍の船を沈めたことがありました。

その時、たくさんのイギリス兵が船から投げ出され、必死の思いで海に浮かんでいました。

そこに別の任務で航海していた工藤艦長の「雷」が通りかかるんです。「雷」には日本兵が二二〇人乗船していました。イギリス兵を数えると四〇〇人以上に。

海上のイギリス兵を見た艦長は「全員救助せよ」と命令を下します。

周りの部下は「四〇〇人も助けたら乗っ取られるかもしれない。止めてください」とお願いします。でも艦長は命令を覆しません。それで全員を助けるんですが、助けた後も、食料や衣類を分け与えます。

イギリス兵は、日本人と言えば「腹切りの民族」で怖いと思っていたのに、すごく優しいのでびっくりするわけです。「何でここまでしてくれるのか？」と聞くと、工藤艦長は「これが日本の武士道である」と答えたそうです。

それに感激したイギリス兵の一番偉い人が、戦後地元の新聞に語ってくれたんですね。

今でこそ戦争はよくないと分かっていますが、あの当時は戦うしかなかった。そんな時でも武士道に基づいて、皆殺しにするのでもなく、見捨てるのでもなく、助けるという第三の答えを即断できたところに、我々が見習わないといけないものがあると思います。

「3・11」という大災害がありました。日本の中で起きたということを、他人事ではなく自分事として捉えて、自分には何ができるか、考えてみたらどうかなと思います。

働くことの本質に近づこう

『なぜ、はたらくのか』（主婦の友社）という、九四歳のおばあちゃんが書かれた本があります。

子どもの時に一四万人もの犠牲者を出した関東大震災を経験し、命からがら生き延びて、大人になってからは第二次世界大戦を体験します。

夫婦で床屋をやっていたんですが、ご主人は出兵し、乗っていた船が沈んでしまいます。女手一つで娘二人を食べさせるために働き、東京大空襲の時もハサミだけは手放しませんでした。

戦争後は、そのハサミを持って、「頭を刈らせてください」と、あちこち回ります。そうしたら、死んだと思っていたご主人がフラッと帰ってきます。「これで幸せになれる」と喜んでいたら、ご主人は戦場で耳をやられ、何も聞こえなくなっていました。そして、耳が聞こえないのが原因で交通事故で亡くなってしまいます。

だんだん世の中が落ち着いてきて、娘さんが後を継いでくれるんですが、今度は娘さんががんで亡くなります。このおばあちゃん、それでも「明るく生きようよ」と書いています。

「今日何があっても、明日は明日の風が吹くのだから忘れなさい」

「働くというのは『傍（はた）』を『楽』にすることを言うんだよ」と。

つまり、働くとは周りの人が楽になるということです。今、就活している学生さんを見てますと、自分のことしか考えてないですね。

震災後、もちろん被災地でボランティアするのもいいんですけど、「傍」が「楽」

になるために、まず自分の仕事を一生懸命やることが大事なんです。「不景気だ」と言い訳してはいけないんですね。

『福の神になった少年』（佼成出版社）という本もオススメです。

幕末の頃、「商売繁盛の神様」と言われた四郎という少年のお話です。仙台に行くと今でも四郎さんのお守りが売られています。

四郎さんは知的障害がある子です。毎朝、仙台の商店街を散歩するんですが、昔の商店ですからみんな忙しそうに働いているんですね。水を撒いたり、掃いたり、拭き掃除をしたり。四郎さんはそれを見て、楽しそうだなと思い、手伝いを始めます。

そしたら、二通りの店の対応があるんですね。

一つは「商売の邪魔になるからあっちに行け！」と言う店。もう一つは「手伝ってくれてありがとう。お駄賃取っておきなよ」「飴食べなよ」と歓迎してくれる店。

「あっちに行け」と言われた店には行かなくなります。お駄賃や飴をくれた店には毎日行きます。そうすると自然に、四郎さんが行く店と行かない店が分かれます。そして、なぜか四郎さんが行かない店は潰れて、行く店は繁盛するんです。だから、「商売繁盛の神様」と言われるようになったんです。

うちの『読書のすすめ』は、本屋なのにお客さんに、「ご飯食べていきな」とか「ビール飲んでいきな」と声を掛けているんですね。

金曜日の夜には「金鍋会」と言って店内で鍋パーティーをしています。最近、店の中にビールサーバーまで置きました（笑）。お客さんも喜びますし、自分も楽しんでいます。そういうことをやって一七年も続いています。

商売の仕方もいろいろあっていいと思うんです。そのほうが仕事の本質に近いんじゃないかという気がしています。

三世代先、五〇年後のことを考えて今できることをする

「禅の公案」というのがあります。師匠に問題を出されたら、弟子は「0・2秒」で答えなきゃいけないんです。その中で一番有名な問題を出します。皆さん、すぐ答えてくださいよ。

両手を叩くと「パン」と音がします。どっちの手が鳴ったと思いますか?

「0・2秒」で答えられないと、「帰れ」って言われます(笑)。正解はこうです。

「どっちの手が鳴った?」って聞かれたら、「いやあ、熊本はいいとこですね」と答えるんです。分かりますか?

「どっちの手が鳴った?」

「いやあ、桜も散っちゃいましたね」

つまり、「どっちの手が鳴った?」という問題に答えなければ正解なんです。こんなのどっちでもいいんですよ。右でも左でもどっちでもいいんです。

我々は、日常的にどうでもいいことを考えさせられていることがたくさんあります。顔がいいとか悪いとか、太っただの痩せただの。そんなのどうでもいいことですよ。どうでもいいことにとらわれていると、考えなきゃいけないことが考えられなくなってしまいます。

オーストラリアの原住民アボリジニやアメリカのインディアンは、三世代先の子孫のことを考えて行動するそうです。「五〇年後のことを考えて、今できることをやろう」と。日本も、今はそう考える時期だと思うんです。五〇年後のことを考えて日々生きていけば、三次元の答えがポッと出てくるようになると思います。そのためにも本を読みましょう。

いのちって何でしょうか？

お子さんに「いのちって何？」って聞かれたらどう答えますか？　日本語には言霊《ことだま》だけでなく、音霊《おとだま》があります。音一つ一つに意味があるんです。

命もひらがなで考えます。「い」「の」「ち」、それぞれに意味があるんですね。「い」というのは「生きる」という意味です。「の」は接続の「の」で、「ち」は「知恵」なんだそうです。つまり、「いのち」とは「生きるための知恵」ということです。

朝起きたら「おはようございます」と言う、脱いだ履物は揃える、箸の持ち方、「いただきます」「ごちそうさま」を言う、これです。

この「生きるための知恵」を五〇年後の子孫にも伝えていかなければいけないと思っています。戦争に負けて戦前の価値観が否定された時、日本の伝統的な文化も一緒によくないものだと刷り込まれました。

日本の文化の中にあるたくさんの知恵を蘇らすためにも、しっかりと本を読みましょう。

五〇年後に伝えることってそんなに難しいことではありません。我々も親から教わっているはずなんです。それをどこかに置き忘れちゃっただけだと思います。

私の大親友が昨年、ガンで亡くなりました。まだ四〇代でした。今の世の中、一番いけないのは、「自分はまだ死なない」と思っていることだと思います。「3・11」のあの日に津波で死ぬなんて思っていた人は一人もいないですよね。毎日交通事故がありますけど、自分が交通事故で死ぬなんて思っている人も一人もいません。

でも、いつかは必ず死にます。

そのことを真剣に考えて、今やるべきことを格好つけてやっていかなくちゃいけないんだと思っています。私は今、精一杯格好つけて生きています。

皆さんも少し、大人として格好をつけて、子どもたちに背中を見せていけたら、子どもたちも、「ああいう大人になりたい!」と思って、夢を持って生きていけるんじゃないかと、そんなふうに思っています。

(2012年、NPO法人読書普及協会チーム熊本が主催した「チーム熊本3周年記念講演会」より)

自分を嫌わないで

早稲田大学名誉教授　**加藤諦三**（かとう・たいぞう）

東京大学大学院博士課程修了。早稲田大学理工学部の教授を２００８年3月に退官。心理系の著書を多く発表しているが、ご自身の専門は社会学。『テレフォン人生相談』のパーソナリティを20年以上務めている。著書は優に１００冊を超える。

ウサギとカメはなぜ競争しなきゃいけなかったのか！

「自分を嫌う」というと、「自己嫌悪」という言葉を思い浮かべる人もいるかと思います。今日のテーマ『自分を嫌うな』とは「自己嫌悪」とはちょっと違います。

「自己嫌悪」は、どちらかと言うと自分がやったことに対して「嫌だな」と気が付いています。「なんで私はこんなことを考えるんだろう。こんなことを考える自分は嫌だな」とか。それはその時だけのことで、しばらくすると忘れます。

「自分のことが嫌いな人」というのは、実はその自覚のない人がほとんどです。意識の上では「自分はすごい」と自分を高く評価しているのに、心の底の無意識の部分では自分のことが嫌いで、自分はどうしようもない人間だと思っている。

この意識と無意識の矛盾で神経症（ノイローゼ）になるんです。そういう人がいつも気にしているのは「自分は他人にどう思われているか」です。

デヴィット・シーベリーというアメリカの精神科医は、一万人を超える全米の神経症の患者の話を聞いて、彼らの共通性に気付きました。

それは、「『私はそういう人間ではありません』『私はこういう人間です』ということをはっきり言えない」ということでした。つまり、自分のことが嫌いな人は、絶えず他人が期待する自分にならなければならないと思っているんです。

「親戚の◯◯ちゃんはできるのになぜあなたはできないの？」とか「お兄ちゃんはあんなに成績がいいのになぜあなたは…」というようなことを言われてきた人に、「自分を好きになりましょう」と言っても無理ですよね。これは期待するほうが間違っています。

シーベリーは言いました。

「白鳥がいい声で鳴くことを期待するのは、期待するほうが間違っている。いい声が聞きたければ小夜啼鳥《サヨナキドリ》に期待しなさい」と。

つまり、親がわが子にする期待には正しい期待と間違った期待があるということです。白鳥がいい声で鳴くことを期待され、必死になっていい声で鳴こうと思った時、悩み始めるのです。それが自己蔑視の始まりです。

間違った期待に自分を合わせようとしている人は楽しい人生を送れるはずはありません。小川のメダカが海のサメと張り合っているようなものです。メダカは小川で泳ぐのが一番楽しいのです。

そのシーベリーの「白鳥と小夜啼鳥」の話を聞いた時、僕は「ウサギとカメ」の話を思い出しました。

小さい頃、僕は「何でウサギとカメが競争しなきゃいけないのかな」と思っていました。片方は水の中、片方は野原で生活しているわけですからね。

そもそもなぜウサギは「もしもしカメよ、カメさんよ」とカメに声を掛ける必要があったのでしょうか。ウサギの仲間と上手くやっていれば、わざわざ足の遅いカメに声を掛ける必要はないと思うのです。

つまり、あのウサギは仲間と上手くやれていなかったのではないか。そして自分のことが嫌いだったのではないか。だから競争する必要のない、勝てると分かっているカメに声を掛けたのではないかと思うのです。

一方、声を掛けられたカメも「私は水の中で生きるカメです。野原を駆けまわるあなたと違って、陸の上では遅いんです」と言えばいいのに、「何をおっしゃるウサギさん」とウサギのペースに乗っています。

おそらくあのカメも自分のことが嫌いだったのです。あの物語は、自分のことが嫌いなウサギとカメが競ったり張り合ったりしているように僕には読めるんですね。

現実にも、自分のことが嫌いな人同士が結びつくことはよくあります。不幸な人は不幸な人と結びつくんです。

一つ例を挙げます。アルコール依存症の夫と離婚した奥さんがいます。

だいたいこういう奥さんは「もうアルコール依存症の人と一緒に生きるのは嫌だ。一生一人でいい」と言います。でも、時が経てば恋愛もし、再婚もするでしょう。その再婚相手の半分がアルコール依存症なんです。

実は、そういう奥さんは小さい頃から家庭の中で間違ったメッセージを受けています。だからアルコール依存症の男と一緒にいるほうが自分が楽なんです。「自分はこういう人間なんだ」ということに気が付かない限り、また同じことを繰り返してしまいます。

シーベリーは言っています。「自分に与えられた否定的なメッセージに気付くことが治療の始まりです」と。


まず「自分が育った環境は自分の運命」と覚悟して生きることです。

たとえば、「両親の仲が良く、夕食はいつも笑いが絶えなかった」という人もいれば、「両親の仲が悪くて、家庭内に暴力もあった。母親の泣き声を聞くのがつらくて、小さい頃から押し入れの中で耳を塞いでいた」という人もいるでしょう。

また、「あなたの元気な姿が私の心の支え」と言われながら成長する人もいれば、「あんたを産むつもりじゃなかった」と言われながら成長する人もいます。

望まれている存在と望まれていない存在、生まれてきたらそういう家庭だったということですから、それも「運命」です。

人は生まれてからいろいろなメッセージを聞いて成長しますが、自分のことが嫌いな人は、否定的なメッセージをたくさん聞いてきたのではないでしょうか。

つまり、「自分はこの運命の下で生まれ、この環境で育ってきたからこういう人間なんだ」「間違った期待をされて生きてきたんだ。それに合わせようとしていたんだ」ということに気が付かなきゃ治療はできないし、未来は拓けないんですね。

他人に振り回される人　自分で決められる人

自分にとって最も重要な人は誰ですか？

お母さんやお父さん、友だちなど、いろんな人の名前を挙げると思いますが、自分にとって本当に重要な人は「自分」です。自分のことが嫌いな人は、人に認めてもらうために、実際の自分を裏切ってまで人に好かれようとしたりします。

これは、Aさんに好かれるためにBさんを裏切るのと同じことです。他人を裏切ると、その自覚はありますが、「自分」を裏切っていることには気付きません。

その上、ずっと「自分」を裏切り続けていると「本当の自分」が分からなくなります。つまり、自分を信頼できなくなるのです。

我々は「人を裏切っちゃいけない。信用が大事」と小さい頃から教わりますが、最も重要なのは「自分を裏切っちゃいけない」ということなんです。


僕はラジオの「テレフォン人生相談」という番組をやっていますが、時々大変驚く相談を受けます。

ある女性から離婚の相談を受けました。私が「恋愛結婚？　お見合い？」と聞いたら、彼女は「どっちでもありません」と言うんです。

「どうやって結婚したんですか？」と聞いたら、お姉さんの結婚式の当日に、お姉さんが「私、やっぱり嫌だ」と言い出した。

それで母親が土下座して「おまえが代わりに結婚してくれ」と言ったというんです。それで「仕方がないから結婚しました」と。

相手も相手です。結婚式の当日に違う人と結婚したわけですから。それで上手くいけばいいですけど、上手くいかなかった。

これは珍しいケースですが、本質が同じようなことはいくらでもあります。たとえば、「何となく体裁が悪いから結婚した」とか。これはもう自分が自分を裏切っています。その人にとって一番重要なのは自分ではなく他人なんですから。

つまり、自分の車なのに助手席に座っていて、他人がハンドルを握っている。それで運転手の運転通りに行ってしまう。

それだけじゃありません。後部座席の人、たとえばお母さんが「右行け」「左行け」と後ろから指示するわけです。これは人に振り回されている人生です。

でも、このことに気付けばまだいいんです。だいたい人に振り回されて生きている人は、自分が自分を裏切っていることに気付いていませんから。

どうしていいか分からない時はいつも世間体を気にしたり、他人が言う通りにします。そういうプロセスを繰り返していると、自分が何者であるか分からなくなるんです。

人に振り回されていない人は一つひとつのことを自分で決めて生きている人です。たとえば、大学に行こうか就職しようかと迷っても、こういう人は最終的には自分で決めます。

決めたことが成功するか失敗するかは別の話です。とにかく自分の人生は自分が決めるのです。

そして最も大切なことは、「自分が何者であるか」を考えることです。

そうしたら結果として自分は何をしなきゃいけないのかという結論が出てきます。

ところが、「自分が何者であるか」を考える前に、「何をしようか」と考える。

そうすると、「好かれるために」とか「褒められるために立派なことをしよう」と思って、気が付いてみたら自分のことが分からなくなって、他人に振り回されることになるんです。

失敗ではなく、失敗にどんな解釈をしたかが大事

人は小さい頃からいろんな失敗をします。同じ失敗でも人によって受け取る解釈が違います。「もうだめだ」と落ち込む人がいる半面、失敗を「もっと頑張れ！」というメッセージだと受け取って、さらに頑張る人もいます。

同じ体験に対してなぜこんなに違った反応をするのか。それはその人が過去にどういう「枠組み」の中で失敗したかで違ってきます。つまり過去に失敗した時の周りの反応はどうだったか、です。

たとえば小さい頃、オネショをした。「またオネショして…」と叱る母親もいれば、「冷たかったでしょ。風邪ひかないでね」と優しく慰める母親もいます。

悪い点数のテスト用紙を持って帰って母親に見せた。それを見て深い失望のため息をつく母親がいます。こういうため息は「なんでこんな悪い点数だったの！」という言葉よりキツいです。

しかし、「よく見せてくれたわね。偉いね。次、頑張ろうね」と励ます母親もいます。こう言われると、悪い点数を取ったことを「失敗」と思わず、「次、頑張ろう」という意欲が湧いてきますね。

同じ事実でも周りの人の反応で、その体験の意味が全く違ってくるんです。

つまり、すべての体験は人間関係の中で起きているのです。その失敗にどういう意味があるのかは、その人の人間関係が決めているんです。

その時、周りにどういう人がいたかが重要なのです。

失敗を恐れる人と全然恐れない人がいます。

失敗を恐れる人は、「体は今ここにあるのに心が過去にある人」です。

「失敗は怖いもの」と思い知らされた体験が過去にあるんです。「心は過去にある」、このことに気付かないと自分の人生を一生棒に振ってしまいかねません。

アーロン・ベックという、うつ病に関する最も優れた著書を発表している学者は、『Depression』という著作の中でこう書いています。

「うつ病とうつ病でない人の体験は同じようなものです。違うのはその体験に対する解釈です」

彼の言う「体験に対する解釈」はどこでできたのかというと、その人が過去に体験した時の人間関係の中です。だから、失敗したことを反省するだけでは未来は拓けません。その時、何らかの気付きがないとダメなんです。

「そうか。あの失敗に対してこんなふうに反応されたのか。そして自分はこう思ったのか」と、自分に向けられた否定的なメッセージに気付くことで初めて未来が拓けるんです。どんな失敗をしたかは問題じゃないんです。

うつ病の人や自分のことが嫌いな人は、否定的なメッセージを与えてきた身近な人に対する憎しみを自分に向けてしまっている人です。だけどその憎しみの感情に気付いていません。

なぜかと言うと、身近なその人を失うことが怖いからです。

ですから、うつ病の人や自分のことが嫌いな人が元気になるために大事なことの一つは、「あの人のことが嫌いだ」と意識化することです。

意識化できないから、意識と無意識の矛盾でうつ病になったり、最悪の場合、自殺にまでいっちゃうんです。

「私がこんなに劣等感が強いのは、あの時あの人にすごくバカにされたからだ。だけど、考えてみればそんなことどうでもいいことだったな」と思えばいいんです。

与えられたメッセージは自分の解釈次第で意味が変わります。この無意識の中にある対象への憎しみを意識化することが自己実現につながるのです。

過去の感情に囚われていることに気付くこと

自分のことを好きな人は希望を持っています。希望はどんな逆境の中でも心の支えになりますから、自分を大切に思い、自分の意思で生きていけます。

それに対して、自分のことが嫌いな人は「野心」を持っています。

「見返してやりたい」「人に好かれたい」「褒められたい」という気持ちです。そういう人にとって重要なのは「人からどう思われるか」です。

「自分はこう生きていきたい」という思いではありません。

この「野心」は本当のエネルギーにはなりません。一度挫折すると立ち上がれなくなりますから。

だから、たとえ周りから貶《おとし》められたり、馬鹿にされたりと、否定的なメッセージを受け続けてきた人でも、「これも自分の人生なんだ」と前向きに受け入れることで、困難に負けない生きるエネルギーを湧き出させることができるのです。

これが、うつ病や自分のことが嫌いな人が元気になるために大事な二つ目です。


他人と比較されて不愉快な思いをした経験をお持ちの方も少なくないと思います。

たとえば「親戚の○○ちゃんはあんなに勉強ができるのにどうしてあなたは…」と言われたり、野球をやっている子が「今日はいいプレーができた」と家に帰って自慢したら、「その程度のことで自慢なんてレベルが低い」などと言われてガックリきたとか。

そういう体験があると、不愉快という感情的記憶が蓄積されます。その記憶によって「他人が褒められると自分の価値が下がった」と感じて不愉快になるのです。でも、不愉快になっているのは現在ではなくて過去です。つまり、「過去に囚われている」のです。

よく「自立」といいますが、自立とは「過去の人間関係から解放された状態」です。逆に、過去の感情的記憶に囚われている人は「心に手錠を掛けられた状態」なのです。手に掛けられた手錠は見えますが、心に掛けられた手錠は見えません。本人も自分が手錠を掛けられているということに気が付いていません。

だから本当は輝かしい未来があるのに、未来を失ってしまうんです。

霞が関のエリート官僚や地方公務員など、結構いい雇用条件なのにうつ病になる人がいます。収入も安定しているし、職場が潰れる心配もなし、年金もちゃんとしている。

それでも「死にたい」と思っている人が結構いるんです。

どんなに恵まれた環境の中にいても、「心に手錠を掛けられている」ということに気が付いていないと、幸福を感じることができないんですね。

これも、先に紹介した精神科医のデヴィット・シーベリーが言うように、「気付くこと」から治療が始まります。

「心に掛けられた手錠」、すなわち「自分は過去に囚われている」ということに気付くところから、本当に意味のある素晴らしい人生を拓くことができるということです。


冒頭に「ウサギとカメ」の話をしましたが、ウサギは野原で生活している生き物で、カメは水の中で生活している生き物です。

それぞれが「自分は何者であるか」ということをきちんと知っていれば、あのような無駄な競争をすることもなく、幸せな人生を送ることができるのです。

今日、自分のことが嫌いな人すべてに私が伝えたいのは、「過去の囚われに気付きましょう」ということです。


(㈱NHK文化センター京都支社が開いた講演会より)

あとがきにかえて

「書く」こと、その先にあるもの

日本講演新聞　魂の編集長　水谷もりひと

心を込める　魂を込める

僕は日本講演新聞という新聞の編集長をしています。この新聞が取材するのは、その名の通り講演会です。ジャンルは問いません。主催者と講師の先生の許可をいただいて、講演を録音させていただき、それを活字にして編集し、講師の思いを伝えるということを三〇年もやっています。

なぜこんな新聞を作ろうと思ったのかというと、実はこの新聞は以前「みやざき中央新聞」という名前の新聞で、本社は今も宮崎県宮崎市にあります。元々は宮崎県内のニュースが載っているミニコミ紙でした。

僕は、平成元年に東京から、妻と生まれたばかりの長女をつれて生まれ故郷の宮崎にUターンしました。しばらくしてハローワークで見つけたのが「宮崎中央新聞」でした。学生時代に学生新聞に関わっていたこともあって、面接に行ったらすぐに採用になりました。

当時の新聞は宮崎県内のニュースを中心に取材して発行するという、あまり「おもしろ味」のない新聞でした。というのも宮崎には立派な地元の日刊紙がありますから、同じ内容の情報を週刊で出してもあまり価値はないですよね。

でも、当時の僕は食べるための仕事、つまり「ライスワーク」ですから、お給料のためにに働いていたのです。ただ、やりながらこう思っていました。

「この新聞を僕に任せてもらえたら絶対面白い新聞にできるのになぁ」って。

入社して一年経った頃、社長に呼び出され、こう言われました。

「この新聞をやめようと思っている。本当は夫が立ち上げた新聞だからやめたくないんだけど、あなたにやる気があればあげるから続けてほしい」

こういうのを「棚から牡丹餅」って言うんですね。即決でした。

「やります。ありがとうございます」と言って、譲渡していただきました。

それで一旦解散ということにしました。全員退職です。その後、改めて僕が引き継ぐという形にしました。

「部数は私が増やします」

それで妻に「こんなん、もらったんだけど」という話をしました。当然、「どのくらいお金が入ってくるんやろう」という話になりますよね。顧客の名簿も引き継いだので見てみたら、購読者はほとんど行政と企業、合わせて約五〇〇部でした。ひと月千円の新聞ですから、一か月の会社の収益は五〇万円です。

その時、妻が何と言ったか。

「あなた、こんなんじゃ食べていけないでしょ。やめときましょう」とは言わなかったんです。そうではなくこう言ったんですね。

「あなたはいい新聞を作ってください。部数は私が増やします」

で、彼女は腹をくくったわけです。何を始めたか。飛び込み営業です。宮崎県庁の向かい側にある宮崎県物産館の建物からスタートして、一軒一軒飛び込んで、「こんな新聞を出しています。一か月、無料で読んでいただけませんか？」彼女の話によると、一〇〇軒飛び込むとだいたい三軒くらいは新聞を受け取ってくれる。その人たちに一か月間、新聞を郵送させてもらって、一か月後に「どうでしたか？」と返事を聞きに行く。すると一軒くらいは読者になってくれると。

そんなこんなでコツコツコツコツ飛び込み営業していってちょっとずつ増えていきました。その中で本当にいい出会いがありました。

この辺のいい話は『なぜ宮崎の小さな新聞が世界中で読まれているのか』（ごま書房新社）に書いてありますので、ぜひ読んでください。感動します。

僕のほうは、というと「おもしろい新聞」にするためにどうしたらいいか模索していました。それでまず考えたのは「新聞」だったら当然載っている三つのものを捨てることにしました。

一つは政治・経済のニュースです。これは大手日刊紙に毎日載っていますので、そっちを読めばいいわけです。

二つ目は事件・事故のニュースです。こういう暗い、ネガティブな情報は人生に何のプラスにもなりません。それでも知りたい人は大手日刊紙を読んでください、と。

三つ目は地元宮崎のニュースです。これも宮崎には宮崎日日新聞という大手日刊紙がありますから、地元のニュースはこの新聞で十分読めます。

それで「読んで元気になれる情報、読んで勉強になる情報、読んで面白いなぁと言ってもらえる話ってどこにあるんだろう」と探していたら、あったんです。

僕は毎日県内で開催されるいろんなイベントを取材していました。そんなイベントには記念講演というのがくっついています。それを最後まで聴いていました。これが面白いんです。勉強になります。感動します。

だけど普通、大手の新聞には「○月○日、どこどこでこんな人がこんなテーマで講演しました。こんな内容でした」という感じで一〇行くらいしか載っていません。

大概、大手新聞の記者さんは最初のほうだけ聴いて、さっさと帰ります。翌日の朝刊に間に合わせるためにすぐ原稿にしないといけませんからね。

講演って、どんな講演でも講師はネガティブな話はしません。どんなジャンルの講演でも、聴く人が「面白かった」と言ってもらえるような話をします。「これだ！」と思って、講師がどんな話をしたか、その内容を紙面で紹介しようと思ったんです。

妻の営業ほうは、と言うと、最初の三年は新規開拓のための飛び込み営業でしたが、三年を過ぎた頃から読者さんがお友達を紹介してくれるようになりました。

そのお友達がまた友だちを紹介してくれて、どんどん紹介の連鎖が起こるようになり、どんどん部数は増えていきました。

一番最初にお友達を紹介してくださった方は忘れもしません。松元理容の松元貞利さんでした。松元さんも飛び込み営業で出会った人です。

新聞を気に入ってくださり、しばらくして松元さんが理容業の仲間の名簿をくれて、

「私の名前を出していいからこの人たちに会いに行きなさい」と言ってくださったんですね。

今まで飛び込み営業しかしてこなかったので、もうびっくりです。松元さんは理容専門学校の講師をされていたので、訪問すると「松元先生からの紹介ですか。それなら」と言って、たくさんの同業者の方が新聞を読んでくれるようになりました。

七年過ぎたあたりから県外の人を紹介してもらえるようになりました。「友だちが仙台にいるから送って」とか「沖縄に送って」とか。宮崎のニュースが1行も載ってないし、講演会のいい話ばかりだから全国どこで読んでもいいわけです。

で、一〇年過ぎると、作家の喜多川泰さんがご自身のブログで「宮崎に面白い新聞がありまして…」なんて書いてくれて、そこからものすごい数の申し込みがあったり、名古屋在住の志賀内泰弘さんという、この人もたくさん本を出しているエッセイストなんですけど、彼が「知り合いを紹介します」と言って、五〇〇人くらい紹介してくださったんです。

そうやってたくさんの人に助けてもらって、独立して一五年目に「15周年ありがとう講演会」をやったんですけど、その時は志賀内さんを記念講演会の講師にお呼びしました。「20周年ありがとう講演会」の時は喜多川泰さんを講師に招きました。

二〇年目の少し前に本を出しました。二〇一〇年でした。『日本一心を揺るがす新聞の社説』（ごま書房新社）という、僕が今まで書き綴った社説の中から、泣けるような話や心温まる話を四〇編選んで作った本です。これがバカ売れに売れたんです。なぜか。

うちの社歴で一番長いスタッフに刀根淑子という、とても字のきれいな女性がいます。書道の師範です。そう言うと「字だけ?」ってツッコミが来るので、外見も性格も可愛らしいということも付け加えておきます。

彼女がある日、「東京に行きたいので休みをください」と言ってきたんです。で、「あることを計画しています。それがうまくいったら交通費を出してください。うまくいかなかったら要りません」と。

何しに上京したかというと、彼女はＮＰＯ法人「読書普及協会」の会員で、その初代理事長が清水克衛さんという人なんですが、清水さんが当時、日本テレビのお昼の番組で本を紹介するコーナーを持っていたんです。その中で毎週おススメの本を紹介していたわけです。

後で知ったんですけど、刀根淑子は清水理事長に、僕の本をテレビで紹介くれるようにお願いに行ったんです。でも、清水さんって結構変わり者で、「紹介して！」と言われると絶対しない人なんですね。

だから東京でどんな話になったのかは分かりませんが、きっと清水さんは「刀根淑子」を気に入ってくれたんだと思います。

それで清水さんがテレビで紹介してくれました。その時、テレビ局はその本の中に出てくる夜間中学校の先生をしていた松崎運之助さんの話をショートドラマにまでしてくれました。

その日の夜、アマゾンで本の売上が総合八位になり、出版社の担当者がびっくりして、『日本一心を揺るがす新聞の社説』の2を早く出しましょう！ということになって、翌年の二〇一一年にパート2が出ました。その後、僕の本は一〇冊ほど出ています。「書く」ということを僕は生業としています。「書く」ということについてお話します。書くことがとてもつらい時期がありました。

何を書いても魂がこもらないし、空しさを感じるんです。それは東日本大震災の時でした。

当時、たくさんの人が被災地にボランティアに行ったり、ジャーナリストは取材に行っていましたよね。うちの会社からも一人、社員をボランティアで派遣したんですけど、僕自身は動くこともなく、募金をしたり、学校に文具を送ったりしていました。

社説では震災について書かないわけにはいかないから書くんですけど、所詮、口ばっかりで何もしていないという申し訳なさと、何もできない無力感を感じていました。

震災から半年が過ぎた頃、岩手県の中学校の先生から手紙が来ました。こんな内容でした。

（途中から）

釜石東中学校の校舎は３階まで津波が押し寄せました。
私は生徒たちと高台に避難したので難を逃れました。
高台から見下ろすと、津波にさらわれていく街が見えました。
怖さで震えが止まりませんでした。
しかし、生徒たちには「大丈夫だ」「絶対に助かる」と言い続けました。
それは自分自身を励ます言葉でもありました。
周囲がだんだん暗くなる中、隣町の避難所に移動することになりました。
山道を歩きながら家族の安否が気になりました。
自宅には妊娠中の妻がいたのです。
不安を打ち消すように、「生徒全員を家族に受け渡すまでは…」と
涙を堪えて必死に長い道のりを歩きました。
雪のちらつく寒い夜でした。
辿り着いた避難所で見たものは、身重の妻の姿でした。

本当に、本当に嬉しかったです。
家はなくなりましたが、命だけでもあれば、
二人でこれから頑張っていけると強く思いました。
今日、お手紙をしたのは、
実は片道2時間半もかかる一関市にアパートを借り、
生まれたばかりの子どもと親子三人で新生活を始めたのですが、
新しい生活が落ちついた頃、市内の本屋で水谷さんの
『日本一心を揺るがす新聞の社説』と出会ったのです。

この本に出会って、みやざき中央新聞の存在を知りました。
3月11日以降、私の人生は大きく変わりました。
いろんな人に支えられ、命の尊さ、人間の強さ、たくましさ、
絆みたいなものを強く感じました。
この本にも人間の素晴らしさ、感動、感謝、忘れかけていたことなどが

書かれてあり、読むたびに涙が流れます。

本を読みながら本の素晴らしさを改めて感じました。

そして、いろんな人に支えられ、命の尊さ、人間の強さ、たくましさ、絆みたいなものを強く感じました。

今、毎週みやざき中央新聞を読むことが私の心の支え、楽しみであります。

釜石東中学校　小崎琢磨

「書くこと」を生業としている人間にとって、こんな嬉しいお便りはありません。僕はこのお便りに救われました。

読む人は書いた人の文章で生きる力をもらうことがありますが、書いた人は読んだ人の感想というか、その文章を読んで「面白かった」「為になった」「救われた」「人生の役に立った」「人生が変わった」、そんな一言で力をもらうんです。

日本講演新聞の編集部にもたくさんのお便りをいただきます。僕らがこの新聞を発行し続けられるのも、そういうお便りに励まされているからです。

でも、世間一般ではクレームを言う人は多いけど、「あの商品、すごく良かったです」とか「接客してくれた○○さん、素晴らしかったです」なんてあまり言わないですよね。そういう声って大事なんですね。

学校の先生にも言えます。たとえば「中学2年の時、担任の先生のあの時の言葉に救われました」と思っていても、先生は知らなかったりするわけです。直接伝えてあげると、相手の先生も救われるものです。

自分の言葉や書いた文章が、誰かの心を揺さぶる。それって素敵じゃないですか。そういう感性を磨きませんか。そのためにはたくさんのいい言葉、いい文章に出会うことだと思います。

だから「読む」「聴く」だけじゃなく、「書く」「話す」「伝える」、そのために「読む」「聴く」ということを意識していきましょう。

（2021年2月世界マグロプロジェクトでのオンライン講演会より）

監修：水谷 もりひと

日本講演新聞編集長
昭和34年宮崎県生まれ。学生時代に東京都内の大学生と『国際文化新聞』を創刊し、初代編集長となる。平成元年に宮崎市にUターン。宮崎中央新聞社に入社し、平成4年に経営者から譲り受け、編集長となる。28年間社説を書き続け、現在も魂の編集長として、心を揺さぶる社説を発信中。令和2年から新聞名を「みやざき中央新聞」から現在の「日本講演新聞」に改名。
著書に、『心揺るがす講演を読む』『日本一心を揺るがす新聞の社説１～４』『日本一心を揺るがす新聞の社説ベストセレクション（講演DVD付）』『この本読んで元気にならん人はおらんやろ』『いま伝えたい！子どもの心を揺るがす“すごい”人たち』『仕事に“磨き”をかける教科書』（以上ごま書房新社）など。

心揺るがす講演を読む2

2021年4月26日　初版第１刷発行

監修・編集	水谷 もりひと
発行者	日本講演新聞
発行所	株式会社 宮崎中央新聞社 〒880-0911 宮崎県宮崎市田吉6207-3 TEL 0985-53-2600
発売所	株式会社 ごま書房新社 〒102-0072 東京都千代田区飯田橋3-4-6 新都心ビル4階 TEL 03-6910-0481（代） FAX 03-6910-0482
カバーイラスト	(株) オセロ 大谷 治之
DTP	海谷 千加子
印刷・製本	精文堂印刷株式会社

ISBN978-4-341-08786-9 C0030